雅歌译丛

普吕多姆诗选

孤独与沉思
La solitude et la meditation

〔法〕
苏利·普吕多姆
Sully Prudhomme
著

胡小跃
译

山东文艺出版社

致读者

我在路边把这些花儿采摘,
好运和厄运把我抛在那里,
可我不敢献出散乱的回忆,
编成花环,也许更让人爱。

泪流滴滴的玫瑰尚未凋谢,
我放上新穗和黑眼的蝴蝶花,
还有湖边的植物,沉思的睡莲,
我的生活将是诗中的一切。

读者啊,你也如此,因为人
在这方面都大同小异,或灾或福
但愿他们能不解而思,因爱而哭。

梦想至少耗去了他们二十年,
最后有一天,大家都想站起,
想在消失之前播下一点东西。

目 录

爱 情

003　灵　感
004　疯　女
005　献　词
006　达娜伊特
007　劝　告
008　音　符
009　忧　虑
010　背　叛
011　亵　渎
012　给挥霍者
013　伤　口
014　命　运
015　他们去哪儿?
016　救世的艺术
017　埋　葬
018　破碎的花瓶
020　眼　睛

怀 疑

025　勇敢的虔诚
026　祈　祷
027　坦然赴死
028　大熊星座
029　消失的喊声
030　皆有或全无
031　搏　斗

032 红或者黑
033 在古玩店里
034 上帝们
035 好　人
036 迟　疑
037 忏　悔
038 两种眩晕
039 疑　惑
040 坟　墓

梦　幻

043 休　憩
044 午　休
045 天　空
046 在河上
047 风
048 **Hora Prima**
049 致康德
050 遥远的生命
051 翅　膀
052 最后的假期
053 梦的真相

行　动

057 **Homo Sum**
058 故　乡
059 梦
060 地　轴
061 轮
062 铁
063 受苦者
064 剑

065	致新兵
066	在深海里
067	向　前
068	现实主义
069	裸露的世界
070	约　会
071	勇士们
072	欢　乐
073	致愿望
074	致奥古斯特·布拉歇

孤　独

077	最初的孤独
080	十四行诗
081	爱的衰亡
083	钟乳石
084	无缘由的快乐
086	大　路
088	华尔兹
090	天　鹅
092	银　河
094	温室与树木
096	别抱怨
098	大地与孩子
100	不幸的情感
101	插　条
103	迟　疑
105	春天的祈祷
107	流　亡
109	舞会王后
113	丑姑娘
115	妒　春

117	她们中的一人
121	三色堇
123	竖琴与手指
125	三　月
127	被罚下地狱的人
132	大　海
134	查尔特勒修道院
135	夜的印象
138	森林的夜与静
139	鸽子与百合
141	寻欢作乐的人们
144	失　望
146	内心搏斗
148	被咒的男女
149	叹　息
150	永　别
151	抚　爱
153	暮　年
155	弥留之际
158	远远地
159	祈祷书
162	老　屋
166	牵牛花
168	乡村之午
170	灵与肉
172	早晨醒来
173	最初的哀伤
175	行业歌
177	印　记
179	最后的孤独
181	译后记

爱 情

灵　感

一只色彩斑斓的孤鸟，
落在一个女孩肩上，可她
竟拔去它漂亮的羽毛，
用这件华丽的彩服制造了痛苦。

柔软的绒毛，还带有身体的余温，
残忍的嘴一口把它吹散。
这鸟，就是我的心；那恶作剧的女孩
就是我提起来就忍不住要流泪的那人。

她喜欢这玩法，我却心情沉痛，
我伤心地望着心中的美
被她取乐，吹去苍茫的天空。

她爱扬起头，用嘴中的气息
吹去我的梦。我就是那所谓的诗人，
可要是没这一吹，我就什么也不是。

疯 女

她来来往往,向四周的小孩
讨要她在德国见过的花,
一朵纤弱、灰暗的山花,
芳香扑鼻,如爱情的表白。

她曾去德国旅行,回来之后
便染上了忧郁症,念念不忘
也许她在德国见到过的花儿,
那朵花有种奇特强大的魅力。

她说,吻着花冠,仿佛到了另一个世界,
闻着它奇异的香味,眼前出现新的天庭,
还说,从中能感到某人幸福可爱的心。

许多人都去寻找她要的这朵花,
可这种花太少,德国又太大:
于是她在回忆花香中离开了人间。

献　词

与这些诗来一次亲密接触，
原谅我，为了遮人耳目，
我歌颂爱情却没提你的名，
我写的更多的是别人而非自己。

可这些诗对别人毫无价值：
诗中的爱情只向你倾诉，
别人见不到我爱的女子，
因为我没说，你又很清楚。

你深夜哭泣时，幽幽的长明灯
与将熄的炉火互相辉映，
它只在暗处闪烁，天一亮就灭。

就像长明灯，幽幽的光亮，
这些诗，只为你心中的夜而作，
一旦被人读到，它就黯然失色。

达娜伊特[①]

所有的女孩，全都叉着腰提着瓮，
卡莉蒂、莫娜、阿加威和泰阿诺，
她们成了奴隶，怎么也干不完活，
不断地从井边提水跑往漏水的桶。

唉，粗陶磨肿了白嫩的肩，
纤弱的手臂累得提不起瓮，
"真可恨，你这个无底洞，
我们怎样才能止住你的渴？"

她们跌倒了，泼了水心里惊慌；
可最小的妹妹，不那么哀伤，
她唱起歌，让姐姐们恢复勇气。

我们的幻想就是这样的结果和命运：
它们不断跌倒，年轻的希望女神
总对它们说："让我们重新再来！"

---

① 达娜伊特，为希腊神话中埃及国王达那俄斯的 50 个女儿的总称，除了一个女儿之外。她们在婚礼之夜统统杀死了自己的丈夫，为此，她们被罚下地狱，每天往无底的酒桶里装水。"达娜伊特的酒桶"现已成一个成语，意为"做劳而无功的事"。

劝 告

对你来说,孩子,世界一片崭新;
你的德行像窝中胆战心惊的鸽子,
颤抖着望着春天的欢欣,
寻找平安生存的奥秘。

这就是奥秘:爱金子只因它纯;
打扮要洁白朴实,
要在头上戴紫罗兰,
只因它美得朴实自然。

但愿在你的眼里,装扮
是所有美的德行之象征,
奢侈妒忌的正是内心的这份简朴。

当你天真地从世俗的舞会回来,
取下已经枯萎的装饰,
你喜欢的一切仍然存在。

音 符

为什么呀,我发不出一点儿声音!
我烦恼得要命,明明感觉到我的诗
在胸中萌生,却不能更富创造性地
把痛苦放入胸中,就像我曾安置心。

轻盈的歌从嘴唇一直飞到天上,
后面留下了一道响亮的印痕,
返老还童、比歌更轻的灵魂,
探索着它今日哭泣的古老天堂。

音符就像诗歌脚下的翅膀;
如同风的双翼使露水战栗,
它让诗颤抖得更清脆响亮。

美女啊,一个词,哪怕再怎么温柔
也会把你吓坏。你从不说却敢唱,
也许,你能屈尊听听谱了曲的词。

忧 虑

今后,我愿对她很好很好,
以至她盲目地自以为可爱;
我将对她说"请",而不再指手画脚,
如果做错了事,我将向她道歉。

可我却在心中不断地嘀咕:"不!"
我所有的自尊都对着奴性的爱大喊。
不!我要堂堂正正,遂自己的意愿,
怕被抛弃的,是她,而不是我。

有时,我把自己的弱点全向她暴露;
有时,我故意跟她作对,心怀嫉妒;
我觉得自己的反叛和伤害有点残忍。

可她不明白,只觉得我很卑鄙,
哦,如果你只是个旁人,我会很温存!
我之所以变得狠心,是因为你太过美丽。

背 叛

爱得那么深,醒来真是残酷!
你自以为躲在窝里,前有篱笆,
安全地深藏。骗人!你是害怕
曾大胆地冒险熟睡,一切不顾。

忠诚与背叛,有着同样的面目!
你甚至不再相信真正的泪水。
如果友情包扎了你受伤的部位,
你巨大的失望又扯掉这块纱布。

最近的侮辱,你尝到了它的苦味,
你善良的心充满痛苦却又不承认,
它经受住了考验,并因此感到安慰。

但如果你想永远留着你的怨恨,
那就在阳光下行走,避开苍白的月光,
惧怕你最甜蜜的回忆,甚于害怕死亡。

亵　渎

美啊，你让这些躯体美如圣殿的雕像，
难道你被众神嘲弄，到了这种程度，
以至于从天而降，把自己献给娼妇，
让死去的心，拥有你的灿烂与辉煌？

请让纯洁强壮的心，美丽依旧；
难道够得着你的人就那么珍稀？
强笑着，掩饰耻辱及其内疚，
你该是多么低声下气。

美啊，你在亵渎自己，快返回天庭；
别在娼妓的脚下贬低才华与爱情，
它们去那里，只为了把你寻找。

永远离开那些白白胖胖的女人，
要不，就依照她们空空的灵魂，
给她们安上一副真实的外貌。

给挥霍者

心不脆弱,它用坚硬的金子铸成:
可我希望它像粗陶烧制的盆瓮,
只能用一段时间,而后化作灰尘!
可它用不烂,痛苦啊,它已变空。

享乐老在瓮边贪婪地打转:
兄弟,别让这家伙大口啜饮;
要好好看住瓮中的清泉,
多年积聚的财宝一夜就能耗尽。

省着点用。可那些缺乏理智的糊涂虫,
火红的酒神节里他们提着美丽的陶瓮,
里面的香气已在庸俗的偶像脚下散去。

忠诚或负心的情郎,将来总有一天
会发现美女的红唇贴在他的胸前,
可他张得大大的心已倒不出任何东西。

伤　口

士兵被子弹击中,大喊一声倒地;
人们把他抬走,用香脂消毒伤口。
伤口不久愈合,一个晴朗的日子
士兵以为枪伤已好,放心地行走。

可是,每当潮湿阴暗的天气一到,
他就觉得过去的伤口又隐隐作痛,
这时,他才发现枪伤并没有全好,
铁的纪念品正在受伤的地方作俑。

同样,随着我思想的天气变幻,
灵魂中旧日曾经受伤的地方,
我所担心的忧虑又重新复返。

一滴泪,一首悲歌,书中的一个字,
我那么喜爱碧天上的云,
都让我感到旧愁在心中啮噬。

命 运

要是在没那么漂亮的眼睛中懂得爱情,
那该多好!那我就不会这么长久地
在世上忍受这唯一不灭的难忘回忆。
它离得再远,对我来说也记忆犹新。

唉,我怎么吹得灭这淡蓝色的眼睛,
像吹蜡烛?它在我孤独的心中亮闪;
我无法轻松度过一个夜晚,
哪怕披着坟墓漆黑的阴影。

我真希望自己能像大家一样,
爱的首先是气质,而不是折磨人的美!
这种美,欲望达不到,心也承受不了。

我本来可以随意自由地爱;
可我的情人,非我选择的情人,
我再也无法替换,就像姐妹。

他们去哪儿?

殉情者,他们不会上天堂:
因为那里没有黑夜、小溪
和小路,在那神圣的地方,
没有比吻还甜蜜的东西。

他们也不会下九层地狱,
因为他们已被红唇烤炙,
恶魔的指甲挖他们的心,
还让他们互相猜忌蔑视。

他们去哪儿?如果心在墓中依旧,
怎样的巨大痛苦,怎样的快乐,
才能比得上他们有过的悲与喜?

既然他们生前就有过地狱与天堂,
有不断的恐惧和无穷的渴盼,死后,
他们将魂飞魄散,彻底消亡。

救世的艺术

如果除了天蓝和海蓝没有别的蓝色,
除了麦穗别无金黄,除了玫瑰别无他红;
如果说美只存在于冷漠的东西当中,
那么,欣赏就会其乐无穷。

但有了海洋、乡村和天空,
也就有了迷人而痛苦之物,
目光、微笑和动作都太美,
它们可爱得早就让人心动。

女人啊,我们爱你,痛苦由此而来。
上帝用双方的和谐创造了美,
也用单方的叹息创造了爱。

可我愿意,用神圣的艺术为盔甲,
看看嘴唇、眼睛和金色的头发,
就像看玫瑰、天空、麦穗和大海。

埋 葬

他们对我说:"保密是强者的表现:
你不尊重生活中的悲伤,
寻欢的眼里无痛苦迹象。"
啊,我曾付出多少努力以坦诚相见!

为了拯救短暂可爱的身体,
渎神的防腐师勇敢地把手
伸进死者体内,不安但不内疚,
高明地把防腐香料放到里面。

我也用伤悲为自己创造了一门艺术:
我的诗,比没药①和甘松草更能防腐,
它们将为我充满爱情的青春保鲜。

我在心底给它挖了一个坟墓,
为了保鲜,我要把它紧紧封闭,
为了防腐,却要违心把它打开。

---

① 没药,为橄榄科植物没药树的干燥油胶树脂,具有散瘀、止痛、消肿之功效,据说能防腐。

破碎的花瓶
——致阿贝尔·德克莱

扇子一击花瓶裂了条缝,
瓶里的马鞭草已经发黄;
那一击实在不能说重,
它没有发出一点儿声响。

可那条浅浅的裂痕,
一天天侵蚀着花瓶,
它慢慢地绕瓶一圈,
不知不觉,但步伐坚定。

瓶里的水渐渐渗完,
鲜花也随之枯萎;
尚未有人发觉。
别碰它,花瓶已破。

爱人的手也往往如此,
弄伤了心,使之流血;
不久,心慢慢地破裂,
爱情之花就这样凋谢。

伤口虽小但伤得很深,
别人看来完好无损,
其实它在天天增大。
心已破碎,别去碰它。

眼　睛

——致弗朗西斯科·吉尔伯

蓝的，黑的，都可爱，都很美，
无数眼睛都见过曙光；
如今却长眠于荒冢，
太阳，照常升起在东方。

夜比昼更加温柔，
迷住了无数眼睛；
星星总在天上闪烁，
眼睛却布满阴影。

啊，难道它们已看不见？
不，不，这不可能！
它们在看着其他地方，
那地方就叫"看不见"。

星辰下山似乎离开了我们，
其实它们依然高挂在天空，
眼睛也有它们的夕阳，
但绝对不会真的灭亡。

蓝的，黑的，都可爱，都很美，
它们都睁着，看着灿烂的曙光；
在坟墓的另外一端，
人们合上的眼睛仍在张望。

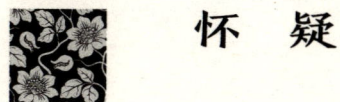# 怀疑

勇敢的虔诚

上帝啊,如果在某个穷乡僻壤,
我喝羊奶,一个人独自长大,
无人照顾,心麻木,嘴结巴,
靠思想和眼睛费力辨认光亮,

那我就能自由地投入你的怀抱,
享受被学习剥夺的巨大快乐;
如果信仰宗教,好奇而不狂热,
我就不会失去宁静和骄傲。

可它们都猛烈地扑向我的灵魂。
在宣布你到来的那天让我瞎眼,
只在我心中晃动着幽暗的火焰。

你道路的两旁竖起那么多圣墙,
以至我一路走一路拆也见不到你,
以至我的虔诚变得与渎圣无异。

祈 祷

我很想祈祷,满怀哀怨,
残酷的理智要我忍受悲伤。
基督教修女虔诚的誓愿,
殉道者的血,圣人的榜样。

我迫切的爱,深深的悔恨,
我的泪,都不能使我重获信仰。
我的忧虑,渎神而又神圣:
我的怀疑,暗中诅咒欲望的上苍。

可我想祈祷,我太孤独,
我双膝跪在地上等您,
主啊,主,您在哪里?

我枉然地合上双掌,头枕着《圣经》,
重念我的嘴勉强能够拼读的"信经",
眼前的一切都感觉不到。这真可怕。

坦然赴死

《对话录》把一道天光投向灵魂,
可没什么比《福音书》[①] 更加甜蜜。
它小心地给脆弱的理智涂上香料,
又像奶轻轻流淌,没药般的味道。

在它纯粹的教喻中,什么都不用证明;
一切令人欢欣:广施圣油的行善人,
英武和德行,会宽容卑贱的臣民,
迎向耳光的脸颊,接受考验的灵魂。

据说弥留者在这本圣书中获得信仰:
当理智枯萎,它使人陶醉,使人平静,
垂死者在那儿找到慷慨的支持和安宁。

神甫啊,你让我抗拒你的额头大汗淋漓,
我脆弱得无法生疑,也许我走向死亡时,
带着基督徒的希望,会不那么忧伤。

[①] 《对话录》,为希腊哲学家柏拉图的文艺理论著作。
《福音书》,为讲述耶稣生平、教义的宗教著作,共四卷。

大熊星座

大熊星座,瀚海中的群岛,
早在牧人游荡于加尔代①之前,
不安的灵魂尚未进驻肉体,
它还没被发现,就已熠熠闪耀。

从此,数不清的生者凝视着
它盲目泼洒的遥远的星光;
在每个人的眼里它都不一样,
大熊星座将照亮最后一个死者。

你不像信徒,信徒会对此感到吃惊,
哦,那张真切单调、不可改变的脸,
就像钉在黑色床单上的七枚金钉。

你明显的迟缓和冰冷的光线,
使信仰错乱:是你最早最先
让我审视自己的晚上的祈祷。

---

① 加尔代,即巴比伦王国。

消失的喊声

某个距今很远的人出现在我眼前:
一个建造高大金字塔的年轻劳工,
他消失在那些怯生生的人群当中,
为胡夫①堆积的花岗岩把他们压扁。

他弯着腰背负重石,膝盖在抖颤,
加上暑气逼人,他累得站立不稳;
额头涨得通红,显出一条条皱纹,
突然他大喊一声,像树一样折断。

这喊声震撼阴森的天空,让空气战栗,
它飞啊,升啊,来到无数繁星中间,
占星家在那里看到了命运凄惨的游戏。

它飞啊升啊,寻找着上帝和正义,
三千年了,在这巨大的建筑下面,
胡夫枕着荣耀熟睡,身体没有变质。

---

① 胡夫,即胡夫金字塔,是埃及最大的金字塔。

皆有或全无

我有两个愿望,它们颇为相像,
粗布苦衣①和绒毛细细的玫瑰;
玫瑰要永远不会枯萎,
苦衣死命磨着皮肤,又痛又痒。

因为暂时的安慰只能激起痛苦,
最轻微的不安是最大的不幸,
如果要高高兴兴地度过一生,
宁愿真痛苦,不要假幸福!

清廉的苦行,或放纵的狂欢!
厌恶财物,保持清白;
或尽享爱情,无怨无悔。

可纯洁或卑鄙,我都感到以赛亚②的木炭
和心怀敌意的女人极可爱的吻,
轮番惩罚和温柔我的唇。

---

① 粗布苦衣,苦行者穿的粗毛衬衣,古代常用来惩罚人。
② 以赛亚,是《圣经·旧约》中的人物,《以赛亚书》的作者,生活在公元前8世纪,以先知的身份侍奉上帝。

搏　斗

每晚,我都被一种新的怀疑折磨,
我向这怪物挑战,肯定,否认……
这陌生的恶魔驱之不去,
在我失眠之时更显得吓人。

静静地,双眼圆睁,没有烛火,
我想拥抱这个巨人,死不放松,
在我狭窄的床上已无欢乐。
我搏斗,却动不了,如在墓中。

有时,母亲过来,提灯照着我,
见我大汗淋漓,便问我说:
"孩子,你不舒服?为什么不睡?"

我被她替人担忧的善良所动,
一手放在额头,一手捂着前胸,
说:"妈,我今晚在和上帝搏斗。"

红或者黑

帕斯卡①,为得到拯救该信哪个上帝?
——你不知道?信我的上帝最保险。
是或者不是:被迫承认这二者之一,
打赌。追求红,或者黑,始终不变。

为了不朽的荣誉,宁舍生之乐趣;
要对付永恒这最难做出的抉择,
交出生命无疑最为明智,因为
最肯定的生命也斗不过多变的天。

可怜我,大师!我伸出手又缩回,
我这个被赌台吸引而又推开的赌徒,
举棋不定,生活是多么合理甜蜜。

我整个人都厌恶这非人道的挑选;
心在理性湮没之处自有它的道理,
如果深受其害,错的是你的盘算。

---

① 帕斯卡,指布莱瑟·帕斯卡(1623—1662),法国数学家、物理学家、哲学家,他在理论科学和实验科学两方面都做出了巨大贡献,主要著作有《思想录》等。

在古玩店里

在无数杂乱的破烂堆中
有个旧象牙基督,面朝大街,
与它失去的信仰做最后道别,
无力的膝盖日渐失去作用。

对面,维纳斯,旧艺术的荣耀,
从落到腰间的衣裙中露出身来,
自然而神圣,尽显赤裸之美,
没有手臂,犹如相缠的藤条。

无限的柔情,宁静的快感,
不再施与行人半点温暖,
一个双手被钉,一个双臂折断。

不仁的男人转手把它卖掉;
一个不安之夜,女人跟他讲价:
醉人的拥抱啊,还能去哪儿找?

上帝们

劳动者的上帝就像一个很老的国王，
有血有肉，统领着自己播种的地区，
神甫的上帝也在统治，范围很广。
三位一体①，圣灵、圣子和圣父自己。

自然神论者盯着远处的一个纯物，
不知是什么，世界就由它开启；
嘲笑他们宗教错乱的博学之士，
把他的上帝叫作自然，奉它为教条。

甚至康德②也不肯定是否存在什么东西，
费希特③侵占了凄凉的空庙，神化自己，
以为这样世界上就不会缺少神灵。

于是，数不清的疯子，永不停歇，
从虚无变为崇拜，从亵渎变得虔诚！
上帝并非没有，可谁也不是：它是一切。

---

① 三位一体，为基督教的基本信条。该教认为上帝只有一个，但具有三个不同的"位格"，即"圣父""圣子"和"圣灵"，三者结合于同一"本体"。
② 康德（1724—1804），德国哲学家，德国古典唯心主义创始人。
③ 费希特（1762—1814），德国古典唯心主义哲学家。

好 人

这是个随和的好人,身体欠佳,
他一边仔细地擦着眼镜,
一边用格言概括神的本质,
简单明了,让人大为震惊。

这位智者明确地指出,
善与恶都是古人的废话,
是木偶戏中会动的人物,
人的手根据需要把线牵拉。

他虔诚地敬仰伟大的《圣经》,
不愿从中见到违背本性的神灵,
对此,犹太教表示强烈反对。

他远离犹太教,擦着眼镜
帮助学者去数天上的星星,
这个斯宾诺莎[①]的信徒确实和蔼。

[①] 斯宾诺莎(1632—1677),荷兰哲学家。1656年因反对犹太教教义而被开除教籍,以磨镜片为生。

迟 疑

数不清的太阳啊,你们和我一样,
甚至比我更加无知,竟然不懂
自己运动的原理,乖乖地滥用
颤抖的阳光,把深谷染得金黄。

刚盛开的玫瑰,你也什么都不知道,
睡莲、花朵和树木,你们也是如此。
不可见的世界和我看到的人世,
全然不知我也不知道的计划和目标。

到处都是无知;神明不会在凡尘
也不会在黑暗的原子中挺身而出,
大声地说:"我来了,我就是神!"

奇特的真理,绞尽脑汁也想象不出,
对心和脑来说,它都是拦路之虎,
愿宇宙和一切都在不觉中成为神!

忏　悔

我的一桩罪孽步步紧跟着我，
抱怨自己在神秘的怯懦中变老；
内疚的利齿使它无法保持沉默，
我一不留心，它就独自大叫。

我想在一个善良者的胸中
把沉重而讨厌的秘密摆脱，
为找到黑夜，我在地上挖洞，
向上帝轻声忏悔我的过错。

幸福啊，被神甫宽恕的罪犯；
他行凶杀人的血已经擦干，
那可怕的时刻再也不会重现！

我向上帝忏悔了一切，毫无隐瞒；
大地长出荆棘，在我说话的地方，
我丝毫不知自己是否已被原谅。

两种眩晕

旅行者,站在高高的山巅
透过蔽目遮眼的粉色雾气,
用恐惧这个巨大的探深器
测量颤抖的脚下无底的深涧。

我太鲁莽,这一看让我受害匪浅,
我站在理性的高处,惊讶地
探测这骗人的世界无尽的深底,
结果内心的深渊便处处跟在身边。

深渊不同,可我们的不安却都一样:
旅行者因深不可测而吃惊而不信,
上帝激起的恐惧在我眼前闪亮!

不过,他的眩晕不会使任何人吃惊:
他苍白,战栗,人们觉得这很正常;
而我却像个疯子,我不知什么原因。

疑 惑

白色的真理躺在深深的井底,
大家从不注意也没有人避开;
而我却独自去冒险,由于爱,
我穿过最黑的夜爬到了井里。

我把绳子一直松到了头,
尽可能把它放得最长;我四顾
目光惊恐,伸出双臂触摸,
什么都没看见没触到,我在晃悠。

而它却在那里,听得见它在呼气;
我像个永恒的钟摆,被它的引力所吸,
来来回回,徒劳地在黑暗中探摸。

难道我不能延长这飘荡的绳索,
也不能重见欢快地诱我的阳光?
难道我该在恐惧中一辈子摇晃?

坟　墓

人们以为他已经死亡,而他
却突然醒来,麻痹之身战颤;
他叫喊,没人!低沉的抱怨
似乎从天花板上奇特地落下。

黑暗沉沉,如巨大的黑锅,
他独自倾听,转动着由于黑影
和越来越强烈的恐惧而麻木的眼睛,
在无限的黑暗中狂乱摸索。

无人!他想站起,无力而缓慢,
可他的脚、他的头和他的腰,
可怕呀,同时撞上了六块木板。

睡吧,别再抬起你虚弱的身,
活埋的滋味要是你不想尝到,
我的心啊,你别跳也别出声。

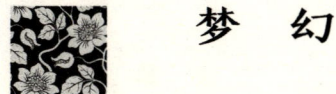 梦 幻

休　憩

不要爱与神这双重的恶,
也不再用热吻追逐胡蜂,
钻研累了便想休息放松,
停下疲惫而徒劳的工作。

不要爱也不要神,愿我能习惯
感觉不到心中强烈的欲望,
不再因众多的秘密而疲惫不堪,
最终,能幸福得像个雕像。

快乐地在方形底座上安家!
从自然那儿借来严肃的生命,
一片青苔给它充当绿色头发。

牵牛花成了它永无叹息的嘴唇;
友好的长藤是它的腰,树叶是心,
它含笑的眼睛由两朵长春花做成。

午　休

我将躺在草地上度过夏天，
头枕着双手，眼睛半闭，
不用叹息去搅乱玫瑰的呼吸，
也不打搅响亮的回声浅浅的睡眠；

时间匆匆，沧海桑田，我将无所畏惧
献出自己的血肉、骨头和全身，
安静地让无数忙于事业的人们
在普遍的秩序中保证我的休息。

在阳光照耀金光闪闪的亭阁下，
双眼畅饮蓝天，那无穷的欢欣
将透过眼皮，钻进我的内心。

我将想起人们："他们在干吗？"
爱与恨的回忆将伴我进入梦乡，
如同遥远的大海不息的喧响。

天 空

当人们躺在地上,一动不动,
天显得更高远,更晴朗壮丽,
人们喜欢一边轻轻地呼吸,
一边看轻云逃逸在美丽的空中。

天上应有尽有:雪白的果园,
飘扬的披巾,飞来飞去的天使,
还有滚烫的牛奶,溢出了杯子。
只见它千姿百态却不见其悄悄变幻。

然后,一朵云慢慢游离、散去,
接着又是一朵,蓝天纯净明亮,
更为灿烂,犹如散去水汽的钢。

我也这样伴岁月不断老去,
如同搅动云雾的一声叹息,
我将在永恒中飘散、消失。

在河上

我只听见河岸与流水的声音,
听到每小时泪洒一滴的岩壁
或幽泣的泉水逆来顺受的悲凄
以及桦树叶隐隐约约的战兢。

我感觉不到河水拖拽着小船,
流动的是河岸,我并没有动;
在我双眼掠过的深深的水中,
倒映的蓝天像帷幕一样抖颤。

这河水似乎在睡眠中蜿蜒
起伏,它已忘了岸在哪里,
落在水中的花朵也在迟疑。

同样,人所渴望的一切,
都会来到生命的长河,
却不教我该如何选择。

风

狂风在天上恶狠狠地呼啸,
大块的云雾像在互相追赶,
枯叶乱舞声音如洪钟一般,
林中不知道什么兽群在嚎叫。

我闭眼倾听,相信自己听到
为了自由而日夜不停地激战:
被抓被放的那些人高声叫喊,
丧心病狂的国王们竟然开炮……

可我今天任这历史的狂风
把我乱作一团的回忆吹动,
却唤不醒我的意愿和悔恨。

正如这暴风雨白来了一趟,
它狂怒地经过,抽打我身,
但除了乱我头发又能怎样?

Hora Prima[①]

尚未醒来,我就问候了白天。
金色的霞光沐浴我沉重的眼皮,
我还在睡眠之中,第一道晨曦
就已穿过睡意,透入我的心间。

当我一动不动地躺着,就好像
石墓上雕刻的亡者,安详宁静,
一道道灵光就已飞出我的天庭,
还未睁眼,全身就已遍布阳光。

黎明时分,鸟儿清新纯洁的问好,
我已隐约感到,让我的心格外亮堂,
看不见的丁香味儿弥漫在我身上。

摆脱虚无而又远离尘世的喧嚣,
那一刻,我尝到了既没有醒来
也没有睡着的幸福与甜美。

---

① Hora Prima,拉丁语,意为"最初的时刻"。

致康德

我愿做着一个个梦,不停地与你
逃离现实这吝啬而冰凉的地面。
对于被它撩拨激醒的灵魂,梦
总是心平气和地接待,热情洋溢。

你说过,这世界无非是梦一场,
是沉思者抓不住的幽灵,
它面目狰狞,虚幻无形,
没完没了地不断产生理想。

每个感官都有梦:或芳香或温馨,
有声有色、美丽,所有的梦都是一个;
人给这些无用的幽灵创造了外形。

我虽激动,却对动人的缘由毫不知晓,
被我叫作天空的是我本人,我头晕目眩,
身上的真实之处连我自己都难以感到。

遥远的生命

未出生的人,明天的人们,
他们隐约听到,如沉闷的低语,
锤子的猛击,盔甲猛烈地碰撞,
以及小路上匆匆的脚步声。

听波涛细语,头顶参天大树,
这嘈杂对他们来说仿佛盛宴,
他们已在成熟的处女腹中躁动,
全都在渴望未来的生命与幸福。

难道没有一个返回阴影中的死人,
告诉他们这赞歌由无数叫喊组成,
他们正静躺在张着大口的地狱上方?

以便这些既没有泪也没有笑容的幸运儿,
不要有什么奢望,乖乖地在虚无的四周
倾听原子那可咒的旋风轻轻作响。

翅 膀

天空啊,你可以作证:那时我还年轻,
鲁莽大胆地要求得到一双翅膀;
垂涎永恒的苍穹,在如此低的地方,
但我的愿望并未破坏你自豪的宁静。

空气令人窒息,我感到自己死了一般。
可天是那么纯净!我渴望新的季节,
这也是你的错,因为你把我们召唤,
用你壮丽的蓝天,用空中飞翔的小鸟。

现在我疲惫而沮丧,我太贪心,
要那么大的空间来容纳我的梦想。
可你为什么要报复那无力的爱情?

哪个妒忌的坏天使,为了自己开心,
在我后背插上了他那双巨大的翅膀,
还不断地扑动,一直重压在我身上。

最后的假期

幸福啊,七岁就离开人间的小孩,
还没到心该为享乐而滴血的年龄
他就因衰竭而亡。他圆睁着眼睛
看着金色的橙树下变蓝的地中海!

他埋头读书不再听大人的话,
能自由地消失,他感到异常高兴。
再也没有老师!是他让别人听命,
母亲成了姐姐,而不再是妈妈。

他击败了强者,用自己的短处;
他得到了想要的东西而不等别人给他,
在被原谅之前,他已因苍白得到宽恕。

他调皮偷懒,心安理得,受人宠爱,
一天晚上,他目随着小船飞驰出海,
做着旅行的美梦,离开了这个人间。

梦的真相

梦,生自暖袋的阴险的蛇,
在我的双臂缠上讨好的绳,
用唾沫把媚药涂上我的唇,
还逗我乐,用变幻的颜色。

它从枕头底下爬出,从此
我流动的血如火热的岩浆忽被凝住;
它用盘结俘虏我,它的目光逼我为奴,
我仿佛觉得别人在借用我的身体。

我很快就尝到它温柔的痛处;
在它的重压下徒劳地蜷缩,
我重新跌倒,无法将其摆脱。

它的牙在找我的心,又翻又咬;
我死了,完全被残余的梦所惑,
"沉重的怪物,你是谁?""烦恼!"

行动

Homo Sum[①]

我的这一生就像在荒漠中,
在梦里,诅咒着劳动一族;
像个什么正事都不干的懒人,
自我陶醉,不知工具有何用。

周围有人痛苦地一声叹息,
从城市和战场传到我双耳,
是胸前中弹跌到在地的战士,
是睡在草垫上可怜的孤儿。

啊,谁无视别人的痛苦,平静地
支起帐篷,享受没有阳光的幸福,
还心满意足?这样的人太冷酷。

我做不到:那声叹息像是责备
挥之不去,某种人性的东西
触动了我的心灵,让我为人担忧。

---

① Homo Sum,拉丁文,意为"我是人"。

故 乡

来吧!不要一人独行在妒忌的小路,
而要沿着众人来往的大道阔步前行;
人只有结群才显强大、善良和公平,
万众一心才算完整,个体皆有不足。

死者让他步其后尘,毫不留情;
故乡让最可骄傲的人层出不穷,
他的名字往往让人自豪和感动,
激情如波浪,从胸口涌向眼睛。

来吧!广场上吹过一阵大风;
来吧!英雄豪气弥漫在空中
让人呼吸,甩掉忧郁的颓丧。

让心灵之风吹过你的竖琴,
你的诗像小旗一样飘个不停,
又像是鼓,在心中咚咚敲响。

梦

梦中,农夫对我说:"自己做面包,
"我不再养你,去播种,去耕地。"
织布工对我说:"自己做衣裁裤。"
泥瓦工对我说:"快快拿起砖刀。"

我独自被各行各业的人抛弃,
到处受到他们无情的诅咒,
当我乞求上天怜悯的时候,
我发觉路上横着几头狮子。

我睁开眼睛,不知黎明真假:
勇敢的伙伴们吹着口哨爬上木梯,
农田已被耕种,纺机隆隆作响。

我感到了幸福,认识到人生在世
谁也不能吹嘘可以独自生存。
从那天起,我爱上了所有的人。

地 轴

阿特拉斯①大汗淋漓,眉头紧皱,
他双手叉腰,鼻孔鲜血直流,
哭泣着、呻吟着,头顶着天,
粗硬的长髯垂在宽阔的胸前。

"去制造犁铧、马嚼和撬棒!"
他对那些害怕干活的人大喊,
"征服了野兽、森林和大海,
就去对付岿然不动的众神。"

"他们把最重的担子压在我身上;
难道你们的灵魂如此苍白胆怯,
我在为你们受苦,你们却在闲逛?

"去搬动高山或崛起巨大的城市,
与众神搏斗,别让我白白地头顶苍天,
坚强的双膝徒劳地撑着,永无休止。"

---

① 阿特拉斯,希腊神话中的提坦神之一,普罗米修斯的兄弟。他反抗主神宙斯,攻打奥林匹斯山,失败后被罚用头和手在世界极西处顶住天。

轮

轮子的发明者,陌生的半人半神,
你第一个把柔软坚硬的槭树折弯,
制造了这古老的工具,代代相传,
它美丽的圆圈中心有一颗星星。

由于俄耳甫斯①和你,由于竖琴和轴心,
沉重的大理石也能穿洋过海行走,
由于过重而留在原地的石头
也像沙子上的水,可以流动前行。

当大地因响亮的滚动而呻吟,
最棒的骏马也在地狱里把你崇敬,
它们想起曾经快步拉动的大车。

可奥林匹斯②大车的轮子多么缓慢!
你看,它在颤抖,在飞跑,在逃窜,
滚烫火热,由于你没想到的快速。

---

① 俄耳甫斯,古希腊神话中的诗人与歌手。善弹竖琴,他的琴声能使神、人闻而陶醉,就连凶神恶煞、洪水猛兽也会在瞬间变得温和柔顺、俯首贴耳。
② 奥林匹斯,即奥林匹斯山,被古希腊人尊奉为"神山",希腊神话中的诸神都居住在山顶。

铁

我们忘了土地是多么坚硬,
牛慢慢地拖着犁铧、利刃
剖开农田,卷起麦秆儿杂草,
大块大块的沃土倒个儿翻身。

这活儿让手流血,铁却能忍。
它比榆树柔韧,比岩石坚硬,
任务没完成它就忠诚地挺着,
在压力中忍耐,不因碰撞变形。

啊,你们这些有爱有才的善者,
各个时代被诅咒或被赞扬的人,
我不加选择地爱着你们!

而如能挑选,我更欣赏新生一代,
可我要宣布,人类的第一个救星
是第一个凶手的后代,土八该隐[①]。

[①] 据《旧约·创世记》,土八该隐是该隐的后代,是铜匠和铁匠的祖师。亚当与妻同房生下亚伯、该隐,该隐打杀兄弟后受到神的赶逐,该隐与妻同房生了以诺,以诺生以拿,以拿生米户雅利,米户雅利生玛土撒利,玛土撒利生拉麦。拉麦娶妻有两位:亚大、洗拉,洗拉生下土八该隐和拿玛。

受苦者

布满灰色怪物的铁匠铺响声阵阵。
巨大的锻锤,尖利刺耳的锯子,
削铁如泥、毫不留情的剪切机,
暴躁的轧钢机,冷冰冰的刀刃……

一切都在怒吼。在这神秘的地方,
白天是黑夜,黑夜是火热通红的午间,
人们似乎看到但丁[①]仰着脸,
边走边盘问,带着永久的失望。

对顺从而忧伤的力来说,这是地狱。
"为什么老是推我挡我跟我过不去?"
他问,"这乱象我已尽力对付。"

可人类比它勇敢,猜测它的潜力,
拥有许多它所不知道的秘密,
无限期地推迟它休息的时间。

---

① 但丁(1265—1321)意大利诗人,《神曲》的作者。其作品具有人文主义思想的萌芽,带有中世纪宗教色彩。

剑

这柔韧、锋利、尖锐的铁刃,
是什么东西?它挖的不是土地,
劈的不是石头,削的也非树枝,
它用于什么艺术,惩罚什么坏人?

它是工具?不,因为正派人恨它。
人们喜欢的不是沾湿它的汗,
而是看到它长时间绿锈斑斑。
"泛着蓝光红光的铁条,你是啥?"

"我是剑,制造尸体的家伙,
如同雕刻家手中的凿子,
我是国王们杀人的武器。"

"我每年都得砍掉人类的花朵,
直至有了神圣的法律保护,
肉体都披上盔甲,刀枪不入。"

致新兵

你们顶着烈日,在野外行走,
在坑洼的路上推着沉重的大炮,
国王们根本不知你们的姓名,
你们也不知他们复杂的深仇。

你们可能会被远方的流弹击中,
或置身于盲目残暴的混战,
带着被弃的恐惧结束一生,
心里却渴望并梦想家乡的泉水淙淙。

我们这些幸存者也将战斗;
哦,节俭一生的农民之子,
我们将不再购买卑鄙的享受,

而是要劳动,我们深感内疚,
因为别的年轻人已经洒出热血,
也许,我们也会受伤会牺牲。

在深海里

海洋的深渊让潜水者赏心悦目:
神秘的春天,五彩的伊甸园,
在清流中不断开花,默默战颤,
那激流就是蓝色深渊里的微风。

数不清的闲逛者,蓝天的巨鸟,
被生机勃勃的植物紧紧拥抱,
在雾蒙蒙如苍白黎明的日光下,
呼吸着海洋的气息,潜入深渊。

远离海浪之处,有根沉重的巨缆,
那是为灵魂连接两个世界的桥梁,
架在藻类和珍珠细沙铺就的床上。

人类曾想从天上获取的雷电
如今已被沉入深深的海底,
成了乖乖地听他命令的信使。

向　前

所以说这是真的！大地已老成这样！
啊，讲讲它怎么找到了坚硬的轮廓，
混沌初开的迷雾，与日光一道拼搏，
浩瀚无边的海洋，升起长草的陆地。

可怕的长翅蛇，笨重的乳齿像，
纯洁的空气，蓝天、玫瑰、夏娃
还有爱情，全世界在向前不回头，
大地在数着它缓慢而稳健的步伐。

告诉我，它不知疲倦，
不停地在远古的深渊
向往未来难以形容的美。

好奇而冷酷的学者啊，你已揭开
充满生机的大自然仍然温热的襁褓，
至少要证明这一理想，如你感觉不到。

现实主义

她走了！可出于真爱,我要把她
完整地留在饱含感情的肖像画里,
逼真如实的肖像,什么都不落下:
她的缺陷(同样可爱),她的美丽。

放下画笔!无情的画布上
画家理想中的人儿在微笑:
我要的就是她,与真的一样,
那种美只在她身上才能见到。

可是,太阳啊,最熟悉她的朋友,
当我们在一起时,请把最纯的光芒
照进她的内心,以便在她眼中闪亮,

你这个艺术家,稳健的手不会发抖,
来吧,来到我送你的镜前,印上
使我爱上她的每一缕阳光。

裸露的世界

化学家旁边尽是仪器烧杯,
曲颈的长瓶,怪异的蛇形管,
他认真研究力的无穷变幻,
巧妙地强迫它们一个个约会。

他解决它们极为隐秘的爱情,
猜测和晃动他们神秘的诱饵,
让它们结合,又突然分手,
有效地操控它们盲目的天命。

智者啊,你能看见完全裸露的力,
教教我如何在你的曲颈瓶底
透过颜色,读懂世界的内心。

请把我带进那黑暗的王国;
我渴望的正是无遮拦的现实,
它很美,尽管看似充满痛苦。

约 会

天已不早，天文学家仍在观察。
他登上塔顶，在寂静的天空
寻找着金岛银岛，夜色当中，
他一直看到天际发白初露朝霞。

星星一颗颗飞逝如颠起的种子，
厚厚地积聚的星云，闪光耀眼；
他盯着所跟踪的那颗狂乱的星体，
一再叮嘱，对它说"千年后再见。"

星星会回来的。它丝毫骗不了
永恒的科学，哪怕一分半秒；
人会去世，但人类一直等它。

虽然目光会变但肯定有人留意，
即使星星回来时它们已经不在，
真理将独自登上高塔瞭望等待。

勇士们

它要去北极体验美好的冬天,
出发了,这条大船!强劲的海风
把船帆鼓得满满当当,
三条美丽的桅杆斜撑着九条船桁,

旗帜在飘动,如一头长发。
它在远处沐浴着阳光,
英姿勃发,美丽优雅,
驶向北方广阔无边的海洋。

我忧郁地目随它白色的航迹,
在前往目的地的途中,可能
它会被四周巨大的坚冰撞沉。

我的身边,站着船长的儿子,
在狂喜地吹向远雾的海风当中,
出发冒险的念头已在他心中萌动。

欢　乐

为了一小时空前绝后永不再来
前后都浸满悲伤泪水的欢喜，
你能够，你应该把生命热爱：
谁都有过幸福，哪怕只一小时。

一小时的太阳能使全天得到祝福；
假如你的手整个白天忙个不休，
一小时的夜依然会让死者羡慕，
他们甚至连一晚的相爱都不能够。

别抱怨，活着，就谈不上不幸！
世界上的人都妒忌你脆弱的心，
愿意用同样的代价来换取欢笑；

为了得到快乐，哪怕它持续很短，
高山愿经受无穷无尽的寒冷，
海洋宁可不眠，沙漠甘受烦恼。

致愿望

你还健在,神圣的愿望,
　　　拍动着翅膀
飞翔在各种东西之上
　　　落下就是快乐。

好奇的闲逛者,你懒得张开
　　　嘴唇,玫瑰?
从今以后,在干事业的地方
　　　已无新鲜的事儿?

青春之子啊,用你的热吻
问候美的脸,让你的热情
　　　深入真的内心。

还有思想,还有爱情!
愿你的焦渴总能得到满足,
　　　永远不断产生!

致奥古斯特·布拉歇[①]

朋友,我们都迷上了动词
及规则,你用权威的耳朵
内行地探听古代智慧的结晶
和学者们留下的难得声音。

你知道语态奔跑在哪条小路,
单词按什么规则变化和颤动。
而我,没研究这些,光知道用,
扳着指头,用它来数数。

我不知不觉观察你揭示的规则;
猜测着词汇及其神奇的结合,
琢磨其生活的奥秘和选词的技巧。

我们互换工作吧,让夜变得更温柔:
你告诉我蜜蜂的纪律和它们的习性,
我来采蜜,保证让您高高兴兴。

[①] 奥古斯特·布拉歇(1844—1898),法国语法学家和词典学家,欧仁妮王后的历史教师著有《法语历史语法》《法语辞源词典》等。

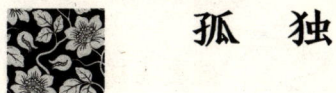 孤独

最初的孤独

有几个小家伙
总在阴森的校内哭泣:
别人在翻跟斗做游戏,
他们却待在操场角落。

鞋总是擦得那么亮,
罩衫熨烫得平平整整,
裤子也总是那么笔挺,
看起来一副乖巧模样。

力大者叫他们小女,
狡猾者说他们天真;
他们乖乖地交出玩具,
日后肯定当不了商人。

最胆小的人也欺负他们,
馋鬼都围在他们四周,
大家都以为他们富有,
因为他们从来洁身自好。

他们看见老师就浑身发抖,
光是影子就足以吓坏他们。
这些孩子,本不应该出生,
童年对他们而言太为艰难。

啊,作业完不成,
功课又听不懂!
被训斥,被罚站,
蒙受种种耻辱。

一切都使他们害怕:
白天,是钟声;晚上,
当老师终于回家,
是大宿舍的凄凉。

昏黄的灯光晃晃悠悠,
照着铁床上的被褥,
沉睡者尖利的呼噜
像冬天坟墓上的寒风。

当别人都昏昏熟睡,
他们却感到度日如年,
眼巴巴盼着星期天,

因想家而彻夜难眠。

他们想起小的时候，
曾在柔软的摇篮里
舒服地酣睡，有时
母亲把他们抱到床上。

母亲啊，已故的罪人，
已离他们千里迢迢！
这些来到世上的生命
缺少必要的照料。

人们给了他们衬衫
和他们所需的被子：
可只有你们给的东西，
他们才能感到温暖。

可不管你们如何狠心，
他们都不会把你们忘记，
小脑袋藏在枕头底下，
他们呜呜地伤心抽泣。

十四行诗

二十来岁的小伙最傲慢挑剔,
他不屑一顾最先遇到的女孩,
却钟情美人,满怀天真的狂喜
把昨日才萌生的欲望当作是爱。

后来,他开始尝到苦头,
大眼睛迷人的魅力慢慢减衰,
曾被蔑视的其他女孩,
却显现了最宝贵的内秀。

可是,人从不知改变不幸:
尽管已被折磨得痛不欲生,
却认定这辈子只爱一个人。

后来他发现很多女孩都很可爱,
但对他来说已经为时太晚,
因为他的心怎么也打不开。

爱的衰亡

秋天临终的叹息,掠过湖边
　　畏寒的灯芯草,
谁在呢喃?原来是凄愁的水面
　　在跟柳树絮叨。

柳树说:"我多难过!叶子飘落
　　铺满你明净的湖;
昔日的伴侣啊,今天,你就当我
　　已逝青春的坟墓!"

柳叶轻飘,将让湖水变褐发黄。
　　湖答:"苍白的情人啊,
别这样让你的叶子一张张
　　慢慢落下。

"这种吻让我痛不欲生,它如船桨
　　重重把我击打,
它给我造成的寒战,像一个伤口
　　不断扩大。

"起初只是一个小点,
　　　后来成了大洞,
岸上的花儿全都感到了
　　　脚边的哭泣。

"为什么要如此罕见而漫长地折磨我,
　　　渐渐把我遗忘?
请狠狠心,把你全部的永别之吻
　　　一次落在你的情人身上!"

钟乳石

我喜欢洞穴,黑乎乎的夜
被火炬染红,一丁点儿声响
都被反弹回来,穿过门廊
变成一声巨大的叹息。

圆拱上倒垂的钟乳石
挂着一串串凝住的泪,
由于潮湿,水一滴滴
慢慢地落在我的脚背上。

仿佛有种痛苦的安宁
渗透在这片黑暗之中。
面对这永远也流不尽
悲哀的、长长的泪水,

我想起遭受苦难的灵魂,
古老的爱情在那儿平息,
所有的眼泪都已经凝结,
什么东西总在那儿哭泣。

无缘由的快乐

痛苦的缘由大家一清二楚,
可人们也想知道为何快乐。
我有时醒来时,内心祥和,
那种奇特美意我无法抓住。

红霞照亮了我的小屋和身体,
我爱整个宇宙,不知为什么,
我欣喜异常。可不到一小时
我就感到黑暗重新包围了我。

它从哪儿来,这短暂的快乐?
天堂敞开大门,隐隐约约。
长夜里无名的星星飞走后,
让人的内心变得更加黑暗。

是蓝天归来的古老四月,
就像火灭之后余光未了?
是岁月的灰烬中春天复苏
还是预示着爱情的吉兆?

这神秘的快乐转瞬即逝,
来时无影,去也无踪;
或许是幸福在途中迷路,
弄错了人,匆匆光顾。

大　路

一条宽阔的大路，椴树种在两边。
那么高、那么宽、那么暗，大白天
　　　孩子们也不敢在那儿独行。
那里的夏天冷得像是严冬；
不知是什么睡意让空气变得沉重，
　　　某种哀伤加重了阴影。

椴树很古很老；垂叶张张
内建拱廊，外筑围墙，
　　　形状依旧未改。
黑树皮斑驳脱离裂开的树干，
树枝就像是手臂，互相伸展，
　　　宛如巨大烛台。

可在头顶，它们用一张张叶子
制造了黑夜；路上坚硬的沙砾
　　　骄阳似火也不会发烫，
雨天，几乎听不到绿色的穹顶
沙沙作响，孤单的雨水时续时停，

　　　　一滴滴落在地上。

大路的尽头有座神殿，围着栅栏，
木条已被青藤和重重的葡萄树压弯，
　　　被青苔腐烂；
狡黠的爱神狞笑着，仍用断指
指着远处被他的石箭所伤的
　　　旧日的心。

夜之神秘，在那儿随时都可以感到，
冰冷的雕像四周，爱情之火
　　　似乎在双双飞行。
回忆的精灵在那儿平静地哭泣；
虽然日久天长，早已永别，
　　　灵魂仍在那儿约会。

所有曾在那里相爱的人，以及四月里
被年轻的爱神召到他玫瑰架底下的人，
　　　都没有走远；
这些可怜的亡灵都不断地奔他而去；
虽然已无昔日的嘴唇，他们仍来
　　　它永恒的嘴上聚会。

华尔兹

  轻纱薄翼,旋风般飞卷,
  舞伴们脸色苍白,不声不响,
  舞步翩翩,踩弯了地板,
  他们望着头顶明灯闪亮,
  半闭着眼,陶醉其中。

我想起曾在不列塔尼见过的
古老的礁石,海浪昼夜不分
在那儿汹涌、翻滚、冲击,
伴着同样的涛声。

  萎靡舒缓的华尔兹
  藏着爱情忧郁的表白,
  灵魂展翅,飞入其中:
  似乎要永远地逃遁,
  又好像是永恒的归来。

我想起曾在不列塔尼见过的
古老的礁石,海浪昼夜不分

在那儿汹涌、翻滚和冲击，
伴着同样的涛声。

  小伙子感到了自己的青春，
  少女问："难道，我在恋爱？"
  他们的嘴唇不停地交换
  甜蜜而短暂的许诺，
  用一个永远不来的吻。

我想起曾在不列塔尼见过的
古老的礁石，海浪昼夜不分
在那儿汹涌、翻滚和冲击，
伴着同样的涛声。

  乐队累了，音乐停止，
  苍白的灯光已经黯淡，
  镜子慌乱地嘤嘤哭泣，
  所有的舞伴都已消失，
  只剩下浓浓的黑暗。

我想起曾在不列塔尼见过的
古老的礁石，海浪昼夜不分
在那儿汹涌、翻滚和冲击，
伴着同样的涛声。

天　鹅

湖水又深又静，碧波如镜，
天鹅划着巨蹼在水中前行，
无声无息。它两胁的羽绒
犹如春雪在阳光下消融；
它巨大的翅膀在风中抖颤，
坚定洁白，如一艘行驶缓慢的船。
它昂起美丽的长颈，俯视着芦苇，
忽而在水面荡漾，忽而潜入湖水。
白颈优雅地弯曲，如同一棵小树，
黑色的喙包藏在亮晶晶的胸腹。
有时，它沿着阴暗宁静的松林
慢慢地在湖中闲逛，蜿蜒而行，
厚厚的水草发丝一般拖在身后，
它不慌不忙地划水，慢慢悠悠。
为不再回来的人哭泣的山泉
和诗人内省的岩洞它都喜欢。
它懒洋洋地游着，一支柳条
无声地落下，掠过它的羽毛。
有时，它远离幽暗的树林，

优美地从深蓝的岸边游向湖心。
为了祝捷它所珍惜的白色,
它选中了阳光照耀的水泽。
当湖边朦胧,难以看清,
一切都模糊成可怕的幽灵,
当菖兰①和灯芯草②纹丝不动,
雨蛙的叫声响彻清朗的天空,
当西天出现一道长长的红光,
黄荧在月光下闪闪发亮,
美丽的夜色,乳白泛着紫红,
天鹅,在灰蒙蒙的湖中,
如钻石当中的一个银瓶,
头埋在翅膀中,在水天间就寝。

---

① 菖兰,亦称"唐菖蒲",鸢尾科,多年生草木。
② 灯芯草,灯芯草科,多年生沼生草木。

银　河

有天晚上，我对星星说：
"你们好像并不幸福，
黑暗无边，你们的星光
虽然温柔却满含痛苦。

"我好像看到
天上的仙女
手举蜡烛，一身素缟，
哀伤地列队而行。

"你们一直在祈祷？
你们也受到了创伤？
因为你们洒下的不是光，
而是光的泪水。

"星星啊，你们是造物
和众神的祖先，
眼中全都泪水涟涟……"

星星们答道:"我们孤独……"

"你以为我们彼此很近,
其实我们相隔甚远;
姐妹们温存美丽的光芒,
在自己的家乡无人见证。

"她们内心似火的热情,
已在冰冷无情的太空熄灭。"
我对它们说:"我能理解!
因为你们与人类非常相似。

"跟你们一样,每个闪亮灵魂
都远离似乎很近的同胞,
永远驱之不去的孤独一生相伴,
默默地在夜间燃烧。"

温室与树木

温室寂静无声,
适合冬天打盹儿,
即便天昏地暗,
名贵植物也在冒汗。

其中有棵树又直又挺,
枯叶长长的树干
眼看要触到屋顶,
窄窄的尖萼像箭一般。

另一棵又粗又高,
竖着坚硬的芒刺,
五年才开口一笑,
虽然花不美不艳。

还有一棵,慵懒无力,
在玻璃墙上爬得高高,
这囚徒同情地望着外面,
在疾风中昂首的劲草。

这儿无风,一切静止,
五彩的花期按时来到,
所有的植物都慢慢地
大量倾吐平淡的味道。

人们会被它们迷惑,而后
很快就会感到喘不过气来,
沉重的空气让人感到难受,
从狂欢一步步走向伤悲。

啊,紫罗兰,林中的花,
比它们可爱百倍千倍!
它散发到房间里的香味,
比它们要干净千倍万倍!

它的芳香,不腻不浓,
但能让人青春焕发,
可它香味如此清淡,
要想闻到,就得过去吻它。

别抱怨

啊,请别再抱怨忧伤的时光。
轻易得到的爱情往往让人后悔。
幸福会淡去,如同花儿会碰伤,
假如把它拉到面前闻它的香味。

看看四周曾经悲哭的那些人:
现在全都在互道幸福,
可让他们相爱终身的秘密,
已永远被他们道破和泄露。

他们都说幸福,但在热情熄灭的夜里,
他们对视的目光不再跟过去一样;
他们互相亲吻,但已经不会浑身战栗,
而我们,手指相碰也会脸红发烫。

他们说自己幸福,可再也体会不到
当我们目光相遇,内心所产生的那种
深深的重压和火热的灼痛。
而我们,总有这种强烈的感觉。

他们觉得幸福,因为他们可以
使用共同的财产,同住一屋,
可他们再也不会有宝贵的秘密:
他们觉得幸福,但同时也已暴露。

大地与孩子

小时候蹒跚学步,
心和眼睛对大地充满惊喜,
可长大后,对其行走的大地
人们却几乎不屑一顾。

我感到自己已忘了大地,
有时,当我思考得头皮发麻,
我会产生悔意,
去跟矮我一截的孩子玩耍。

他们离开了母亲的庇护,
用自己迟疑的小脚
去认识大地,又用双手
去触摸世上的万物。

他们大胆英勇,
不怕看门的恶狗;
目送着每只野兽
钻进深深的草丛。

他们倾听草木生长,
能闻到草的清香;
他们凝视着黄沙,
研究潮湿的青苔。

他们凑上前去闻花香,
花儿都吻过他们的唇;
大人擦去他们的眼泪,
其实那往往是早晨的露水。

过去,我也曾看见大地
向我伸出手臂,送来香唇!
但自从我想探清它的奥秘,
它便永远淡出了我的视线。

从此它对我更多是秘密
而不是新奇,所以,
每当我见到大地之美,
我会感到心更为孤独。

有时,我会放下架子,
弯下腰跟孩子们玩耍。
纠缠着大地,
这个不再爱抚我的乳妈。

不幸的情感

我安错了心,爱上了别人的孩子;
他装出一副乖样,想占我的便宜。
　　　忘恩负义的小家伙!
我去他家的时候,他母亲喊来儿子,
她猜我是为她的孩子而非为她而去,
　　　不过她不怨恨我。

孩子用他尖细柔软的声音,
(小孩有两副声音,) 表情生动,
　　　讲着自己都不懂的寓言;
然后,让我在桌上排列玩具士兵,
缠着我,这可爱的纠缠使我心中
　　　有种难言的快乐。

我在那儿每次都会上当:我希望
凭借我的慷慨善良应该能当父亲:
　　　孩子不是说很爱我吗?
可突然,真正的父亲驾到,真不幸!
孩子拍着手跑过去搂他抱他,
　　　可怜的叔叔被撇在了一旁。

插　条

当原野披上绿装，
小河沐浴着阳光，
当美丽的鲜花开放，
吸引着人们的手和唇，

五月，有个年轻人，
在窗前放了一盆玫瑰；
他任其生长、开花，
既不去看也不浇水。

几个妙龄少女经过，
看到这美丽的玫瑰，
便互相开着玩笑，
折花插在胸前媲美。

她们让秋天提前来临，
玫瑰被摘去花朵，
心痛得奄奄一息，
窗前也失去了欢欣。

以至有一天，这年轻小伙
挨家挨户敲门，大喊：
"但愿你们当中有人
把笑着摘去的花朵还我！"

可家家大门紧闭。
最后终于有人开门：
一个少女手指玫瑰，
笑着对他说："来吧，

"我可不是用来打扮自己，
而是为了抢救最后的枝杈，
瞧，我用它做了这根插条，
想在更美好的日子里还你。"

迟 疑

我想对她说些什么，
 却又不敢；
语言会暴露我的内心，
 哪怕说得很轻。

这异乎寻常的羞怯，
 因何缘由？
我下决心开口……
 但还是没说出来。

十八岁时，我觉得表白
 没这么艰难；
我的嘴唇，很久以来
 就没那么勇敢。

我觉得自己爱她，但又怕
 自作多情；
甚至连眼中的泪水
 也可能撒谎。

因为我可能会流泪,
　　真心诚意,
在我心中悲泣的,
　　也许是旧爱。

春天的祈祷

你碰到什么什么就开花,
你让森林中古老的树桩
　　焕发青春,
你把微笑写在每一张脸上,
　　让心充满活力。

你让污泥变成草地,
你给所有破被烂衣
　　挂上金银珠宝,
你把阳光一直洒到
　　屠宰场门口!

春天啊,当万物相爱,
连坟墓都变得那么美,
　　外面绿树葱葱,
让生命崇高地回到
　　死者的心中!

在爱情的季节,你不会

让他们得不到滋润,
　　　被人遗忘!
让它们的灰烬
萌发神圣的希望,
　　　在阳光中归来!

流 亡

我同情那些只身流亡的不幸者,
他们被迫抛弃爱情,离开爱人;
幸福啊,即使流亡也有爱侣相伴,
因为带走了爱人也就带走了家乡。

在依然向他们微笑的明眸里,
他们重新看到了故乡的阳光。
圣洁的额头如祖先的土地,
被弃的百合花也重新开放。

已被离开的天空在异地跟着他们:
因为爱人已在心中,在唇上
留下了家乡的太阳忠诚的反光,
可在新床上回忆旧日的夜晚。

这些人,我一点不为他们哀伤:
他们什么都没失去,清晰的回忆
使他们双手温柔、两眼欣喜!
在爱人的怀里一切都得到了补偿。

那些被真正放逐的人我最为同情,
他们离开时放弃了土地上的一切!
但虽在家乡,却无爱人为其流泪,
这种人,那就更值得同情和悲悯。

啊,他们日日夜夜在自己家里
寻找他所需的人,他所爱的人!
越在家里就越感到孤独,啊,是的,
流放在故乡,是最可怕的流放。

蓝天、空气、祖先的田园、
圣洁的百合都治不好他的创伤!
相反,家乡土地上温柔的爱情
使他感到心爱的人离他更远。

舞会王后

是的,我知道她最为漂亮,
她是舞会王后,这我知道;
可我是个不服输的败将,
绝不会向她讨好求饶。

让我耐心地等待,
以便好好地看清她的模样,
在宫中等她接见的人当中,
让我谦卑地排个队。

但愿我还能轻声赞美
她不可一世的王威,
不痛不痒地骂自己
对美的追求不够热烈。

为了捡起从她发间
掉到地上的那朵玫瑰,
但愿我能快步上前,
免得落在别人后面。

但愿我能保持警觉,
她那美丽的微笑
我也要抢到一份,
让她看到我的存在。

但愿从她的金发里,
我能闻到普通的香味,
它为所有的人而散发,
却非人人都能选择!

跳舞时,我能通过双臂
感到对方的投入和陶醉,
但那是音乐唤起的感觉,
而非因为舞伴脉脉的柔情。

以便将来,能让这最初的梦,
(她已始于我的心中,
但现在只是隐约萌动)
以更勇敢的方式结束!

不会的,王后,绝对不会!
灯光下,这颗傲慢的心
不会当着众人的面向你表白,

我也许有些粗鲁,但是……

如果你想知道我爱你,
一边冒犯你一边投降,
舞会之后的当天晚上,
在你的王权失效之时,

当你闭上眼睛,
一头栽到床上,
生怕错过次日的礼拜,
抱着双臂半睡半醒;

当你满足于自己的美,
可疲倦得无法享受,
所以让这种欢快的庆典
远远地消失在回忆当中,

而房间的玻璃窗上,
在阴沉忧郁的日子
将流过十二月的冬雨,
恰似那不幸者的泪水,

那就做个梦吧:风中
我冒雨停下脚步,

在你洁白的窗帘上
寻找你美丽的剪影。

丑姑娘

女人们,你们在亵渎爱情,而只有
一个人敢反抗敢蔑视你们的权势。
啊,不声不响地忍受一个年轻女子
被大自然后娘剥夺了荣耀和权利——美,
这难道不是最大的耻辱?

她寻找爱情,但爱情从不出现;
她可以离开母亲,没有任何危险。
这丑姑娘,人们只蔑视地瞧她一眼;
由于丑,没有人会对她想入非非,
年轻的小伙怎会愿意把她陪伴?

小伙子放荡粗鲁,自命不凡,
丑姑娘,他们怎么会要?
他们在背后对她恶言恶语,
婚庆舞会上,竟让一个学生
把她从角落里拉出来取笑。

可怜的姑娘!她知道自己年纪尚轻;

她跟美女一样，生来有同样的愿望，
她把自己的脸蛋当作是心中的敌人，
在她得到的恭维当中，充其量
有个好心的老头说她头发好看。

自从漂亮的脸蛋让我深受其害，
我便想在你身边治疗我的创伤，
孩子啊，你没有爱过却懂得爱，
你是天使，绝对不会折磨他人，
难道我还太小，不能与你相爱？

妒 春

春天啊,最令人向往
也是最为短暂的季节,
请长留在我的身旁,
你拥有我的心上人,
  我在等她。

你的蓝天对我毫无笑容,
我看见她那是一个严冬。
这昙花一现的柔情蜜意,
全年三百六十五天当中
  我只享受了一次。

我的幸福只是一星火花,
在舞会上一闪即逝;
冬天过去,我见不到她;
所以普天同庆的节日
  我也感到哀伤。

离开她时,我害怕你。

担心一朵白色的橙花

落在她的心上,邀请她

掰着花瓣进行婚占①;

  多么危险!

你的温暖孵育了这颗心,

它至今仍然一无所知,

猜测着等待着它的黎明;

让百花盛开的你,

  她会交心。

你的清风使她感到惊讶,

她听着空气温馨的劝告;

五月的春风我最为害怕,

隐约觉得,冬天未到,

  我就会完全失去她。

---

① 婚占,橙花常用来装饰新娘的花环。掰花瓣(尤其是菊花花瓣)进行占卜,预测婚姻,这是西方常见的习俗之一。

她们中的一人

她冬天居住的几个大套间
温暖如春。天花板轻似云天，
　　满是爱情的图画。
屋里静寂静无声，羊毛地毯
又软又厚，宽边的丝绒帷幔
　　吸去了一切嘈杂。

冰雹徒劳地在窗外肆虐，屋里
几乎听不到抵挡冰雪的厚玻璃
　　在痛苦地呻吟；
暖色的绸布窗帘又宽又长，
遮住了外面的飞雪冰霜，
　　也遮住了天庭。

旧油画里，威尼斯碧蓝的天空
把自己的光辉借给了法国的太阳；
　　高高的壁炉上，
从希腊祭坛抢掠来的花瓶中，
似乎长生的百合重又盛开，把一年

只变成一个春天。

她温柔的房间一片湛蓝,隐约传来
石竹花醉人的香味,石竹已经不在,
　　空气留下了芳馨;
为了祈祷,她在缎垫上跪下,
她的祖先从一个佛罗伦萨大师手中
　　弄到了这个象牙十字架。

等到厌倦了奢华的客厅,她可以
回到闺房晒晒太阳,享受一番,
　　那里有许多难解的秘密;
她抬起头,看见了华托①的彩色油画,
身材高大的情人们正在上船,潇潇洒洒
　　向西黛岛进逼。

冬去夏来,她出现在避暑的夏宫,
在那儿找到了蓝天、高山、河谷,
　　及美丽的平原;
从房前屋后的大丽菊
直到天边遥远的麦田,一切

---

① 华托(1684—1721),法国洛可可时期的代表画家,其创作曾受威尼斯画派和鲁本斯的影响,突破路易十四时期学院古典主义的束缚,创造了抒情性的画风,具有现实主义倾向。多数作品描绘贵族的闲逸生活,人物带有沉思忧郁之感。

都是她的地盘。

然后，在湖上划船散心，
驾着马车缓缓驶入森林，
　　身穿白裙在草地上狂奔，
在树荫下的吊床上慵懒小憩，
或发间插花，策马扬鞭
　　在树枝搭成的拱廊下驰骋。

闷热的中午，在凉水中沐浴嬉戏，
两股纯净的喷泉淹没了泉口小池，
　　她随意转动天鹅的脖颈，
凉爽、放松、惬意，几乎睡着，
美梦连连，看见自己美丽的胴体
　　在水底战兢。

她的时间就这样匆匆而过，似很幸福，
但有种秘密重压其上，这日子
　　并不值得羡慕；
人们在她热切或迟钝的目光里，
从她罕见的微笑或迟缓的动作中，
　　看到了她对生活的厌恶。

啊，谁能听到她可怜的灵魂在叫喊？

哪位骑士，哪个英俊伟岸的救星
　　会突然来抱她上马，
把她带到远远的地方，安安静静，
把她带进草丛和鲜花当中的茅屋，
　　离开这悲哀的奢华？

谁也不会。她痛恨罪恶的希望，
老想着自己的责任，常感忧伤。
　　她死了，穿着新衣，
得不到爱情，高贵使她无法恋爱；
她很富，可富得凄惨，她没有后代
　　比寡妇还孤寂。

三色堇

有天晚上,由于脑筋大动,
累得我一身疲惫,
我昏昏睡去,梦中
出现了一个花蕾。

那是一朵叫三色堇的小花;
它含苞待放,而我
却感到将因此死去:
我所有的生命都转给了它。

这种交换无影无声:
随着它的一片片花瓣
驱散出生时的黑暗,
我的手脚也慢慢发软。

它黑茸茸的大眼
张开得如此缓慢,
让我觉得我的苦难
经历了好几百年。

"花儿啊,快快地开,
我已经迫不及待,
想看你宁静幽深的目光
在你美丽的眼中闪亮!"

可是,当它的眼皮
展开最后一道褶纹,
我已经昏昏沉沉
熟睡在漆黑的夜里。

竖琴与手指

缪斯①女神低头着,僵立全身,
不再歌唱;竖琴烦恼得直叹,
抱怨指头不再把它拨弹:
"你为何这么麻木不仁?

"手指啊,没有你我一事无成,
醒来吧!空气如此沉重,与你低谈
实在是难,因为没有你,我的琴弦
将像紧闭的嘴唇,寂然无声。

"扑过来吧,如同阳光下
和风吹得花儿轻轻摇摆;
掏出我的喊声如撕裂亚麻
或像泪水,慢慢向我流来。

"假如,你蔑视我不再用我,

---

① 缪斯,指希腊神话中九位文艺和科学女神的通称。均为主神宙斯和记忆女神之女。其中克利俄管历史,欧忒耳珀管音乐与诗歌,塔利亚管喜剧,墨尔波墨涅管悲剧,忒耳西科瑞管舞蹈,埃拉托管抒情诗,波吕许尼亚管颂歌,乌拉尼亚管天文,卡利俄珀管史诗。

那就把琴架放回牛的方额;
我就是为了这些手指而生,
没有它的吻,我还怎么活?"

"竖琴啊,我们又能怎么办?
和谐、兴奋和忧伤与否是因为我们?
我们是天才手中的工具,你不觉得
我们所有的战颤都与沉睡的心有关?

"他才是神,手指忍受着他的任性:
有时,他没等我们疲倦就停了下来,
有时,他又毫不留情地狂拨琴弦,
拨得七弦全断,拨得我们鲜血淋淋!

"你想弹什么曲子,就去不断求他,
因为只有他才能决定歌曲的命运。
没有夏天的微风哪来树叶的呢喃,
没有心灵的呼吸哪有手指的潇洒!"

三 月

三月,当冬去春归,
当苏醒过来的乡村
如大病初愈的病人,
第一个微笑格外珍贵。

当天空仍布满寒气,
夹杂着散乱的雪花,
当凉嗖嗖的正午阴云低挂,
披着黎明时的白衣;

当温暖的空气
唤醒大理石般的死水;
当树顶的嫩叶
挡住天上的绿雾;

当女人变得更加漂亮,
由于日光明亮,
由于我们的爱苏醒,
她又变得那么难为情;

啊,难道我不该抓住
这匆匆流逝的宝贵时光?
它是岁月当中的早晨,
是我们所渴望的青春。

可我哀伤地度日如年,
像只猫头鹰,天亮时
转动着充满黑夜的大眼,
惧怕伤害它们的光线。

我就这样走出冬天的悲哀,
张开双眼,它们仍沉醉在
书本黑暗而空幻的梦中,
大自然啊,它让我苦痛。

被罚下地狱的人

星期天,一群少见多怪的小市民
嘈杂无序,怪怪地涌向画廊,
他们每年都会前来艺术品市场
徒劳地取悦自己瞎子般的眼睛。
面对美神,他们一点儿都不激动,
这些所谓的群氓,爱慕虚荣,
他们两眼无光,嘴巴大张,
像一群对着阳光咩咩的羊。

而在那边,有个充满智慧
清癯的男人,穿着破大衣,
站在公园的角落独自沉思。
他抱着肩膀,用痛苦的目光
望着矗立在花坛边上的雕像。
不幸啊,他感到自己的伤口扩大,
痛苦带来的阴影越来越深;
因为他也曾拿过凿子雕刀,
做过雕塑家蓝色和白色的梦。
可不久,贫困就把冰冷的尸布

盖在他强烈的希望和理想之上，
而他的竞争者们却成就了梦想。

他能与他们匹敌？也许，但这不重要！
受荣誉激励和鼓动的大师们啊，
你们生来就聪明过人，手指灵巧，
同情同情那些赞赏过你们的人吧，
唉，他们如此喜欢你们，以至于
不冒风险紧跟着你们就活不下去！
大师们啊，贱民们数着他们伤亡的人数
才知道你们是多么伟大。
然而，在和谐宁静的地方
你们凭借灵感飞得又高又远，
他们却看着你们翱翔的蓝天，
跌倒在被诅咒的艺术家粗糙的路上。

那人跟你们一样，也有过这样的快乐，
他圣洁的手耐心而缓慢，
神奇地创造出圆润的胸，
他根据简略朦胧的草图
杰出地再现超人的形体；
当他塑造左胸，感到里面的心跳时，
谁也没有他那么激动，他自豪。
可在这造神的游戏中，他是个败者，

他一无所有:艺术家会死于贫穷。
狂欢之后,是悲惨的时刻,
年轻的妻子,在画室的墙角,
担心因艺术而让人忘了面包,
她轮番看着一个个苍白的孩子
和被孩子的父亲变得美妙的土块,
诅咒黏土不能让人丰衣足食,
想念自己已经离开的肥沃土地。
啊,劳动得不到报酬的剧痛,
耍笔杆的评论家无知的嘲讽,
竞争者的妒忌,同行的蔑视,
这些,把他的心泡入苦水当中。
看着爱妻眼中无言的责难,
心里感到有种渎神般的不安,
要知道人是疯子叛徒,为往上爬
不惜把自己的责任踩在脚下。

这勇敢而可怜的人,逃离了画室,
在一个店铺角落数着别人的金钱,
他天才的手为高傲的大理石而生,
如今却在黑乎乎的纸上写着卑鄙的数字。
但愿这种堕落使他不再清醒,
能把他的心一直烧成灰烬,
完全死去,在墓中被人遗忘!

可他扑灭的火并未彻底埋葬，
一块想成为雕像的石头跟着他：
假如他不给它生命，它就要他死。
它用遥远的呼唤刺激他的手指。
在残酷的梦中，这石头成了形；
有脉动，似很理想，它嘀咕道：
"你看见了我，却不塑造我！"
该来时它来了，好像极为内疚。
一切都成了它的基座，包括工作台。
它是她！维纳斯，他盼得死去活来，
美丽高贵，无可挑剔，每年都在这里
让他着迷，在所有姐妹中占一席之地，
她终于制服了行家妒忌冷酷的目光！
她胜利了！而他，人们将刮目相看，
地位升了，他感到自己成了一个神，
荣耀的月桂花环颤抖着戴在他头上。

可狂欢如梦，美梦又往往短暂，
接踵而来的是多么可怕的深渊！
他无情而可靠的目光
突然目测荣誉和贫穷的距离！
他发现自己渺小，因为曾觉高大。
他哭了。严肃的妻子，关怀备至，
见他差点晕厥，心想自己是母亲，

便习惯地过来拉他的手,责备他:
"我已经告诉过你,一个月来,
你一直这样脸色苍白,神色忧郁。"
她用许多普通但无可辩驳的理由,
触到了他痛不欲生的部位,
拉他离开了理想,像拉酒鬼离开酒。

大 海

大海发出巨大的吟呻,
蜷曲着身子又叫又喊,
就像一个怀孕的巨人,
由于生不下孩子,
疼得在地上打滚。

它滚圆的身子站起,
又失望地倒下。
可它也会暂时停下休息:
在蓝天下做梦,
镜子般平静光滑。

它的脚抚摸着一个个王国,
它的手高举起一艘艘大船:
只有要一丝风它就微笑,
缆绳是琴弦,
桅舱是摇篮。

它对水手说:"原谅我,

如果我的痛苦伤了你的身。
其实,唉,我心肠很好,
可我吃尽苦头,找不到
强壮得足以帮助我的人。"

接着它又鼓起来,瘪下去,
在深深的海底抱怨。
像它一样,有个不幸的人
由于强大而痛苦不堪,
自身的宏伟使其孤孤单单!

查尔特勒修道院

我看见,犹如被丧钟惊醒,
修士们提灯排队一言不发,
然后,像一群惊飞的乌鸦,
唱着悲歌,安慰疲惫的心。

修道院的空寂在我脚底回响,
我熟悉修士的小屋,宁静之乡,
而世界宛如在进行巨大的乱战,
它徒劳的结果与我们毫不相干。

白色的高墙如梦魂追我不放;
我已感到生命中难言的暂停,
预先尝到死的滋味,我高兴。

永别了,士兵冲向大炮轰鸣的战场;
我回到听得见世界之战的地方,
毫不怜悯我那颗渴望休息的心。

夜的印象

独自旅行真是凄凉,夜晚
　　我在一个怪异的客栈住下。
一个小孩穿过一条条走廊,
　　把我领进最破最旧的房间。

我上了一张四方的大床,
　　上面的狮子图案栩栩如生,
白色的帐子拖着长褶垂地,
　　依稀可见教堂的彩绘玻璃。

我躺在床上,不出声不动弹,
　　月亮送来的春药,我一一接受,
突然,我听见一阵沙沙声,
　　像指甲在轻轻地划着丝绸,

又像是十分遥远的谷仓
　　沉闷迅捷的闩门声,
接着,仿佛几步远的地方
　　樵夫抡起斧头在砍树;

然后是长时间的车轮声

  和巨大的骚乱声，车轮滚动，
拉车的龙总是无精打采，鼻息直喷，
  肩膀一动，全身酸痛。

突然，一声凄厉的尖叫
  在无尽的长夜回响，
如失望者因空虚而逃跑，
  发出刺耳的叫声。

然而，这应该是一支车队
  在平原上奔驰，
红色的气息，隆隆的响声
  远远消失在身后。

这庞然大物经过时，细细的窗棂
  被震得似要散架，
积满灰尘的羽管键琴发出呻吟，
  还惊动了祖先的肖像；

阿克特翁①在挂毯上战栗，

---

① 希腊神话中的猎人。据奥维德的《变形记》，他在基塞龙山上偶然看到掌管野生动物、生长发育和分娩的女神阿耳忒弥斯在沐浴，女神把他变成了一只鹿，这只鹿被他自己的50只猎狗追逐并撕成碎块。

  狄安娜①紧闭嘴唇；
屋顶落下的一块灰泥
  差点把旧钟砸烂。

就这些了。寂静在穹顶
  慢慢收起翅膀，
夜，从沉沉的梦中苏醒，
  恢复往日的模样。

可我激动得再也无法睡着：
  一直在听世上
这刺耳的叹息和疯狂的奔跑，
  旧日的形象。

---

① 狄安娜，罗马神话中的月亮与狩猎女神，罗马时代，狄安娜也被看作狩猎、植物和野兽女神。即希腊神话中的阿耳忒弥斯。

森林的夜与静

这不再是夜,也不再是静,
因为每种孤独都有其私隐;
在随梦进入森林的人看来,
树木也有其静与暗的方式。

嘈杂的阴灵似在静寂中漫游,
夜挡住光线不让它落到地面。
奥秘似有生命:人人都可以
按自己的回忆去解释和感受。

森林之夜催生思想的黎明;
寂静似鸟虽然睡着但有翅膀,
这对写诗来说实为好事一桩。

在林中,心更易坦诚相向:
夜让人们的目光更加深沉,
爱的表白离不了它的寂静。

鸽子与百合

这红颈的鸽子动来动去,女人啊,
　　你轻启柔唇把它亲吻,
从未有人这样频频吻它,
　　这使得它异常兴奋。

它从未听到过你低声告诉它
　　那些激动的名字,
进餐时也从未见过那么好的米
　　从你手中落下。

当你热情地抚摸它的翅膀;
　　它从未感到过你的心跳,
你年轻的叹息不曾让它的羽毛颤抖,
　　泪水也未曾在它身上流淌。

你让它整天在柳枝上煎熬,
　　它鼓起喉咙,
徒劳地用,用温柔的悲泣哀求:
　　你从不理睬。

鲜花在春天做梦的花瓶里，
　　从未得到过这样的关怀；
你的唇从来没有这么长久地
　　吻过纯洁庄严的百合。

女人啊，什么新爱或旧忆，
　　什么坟墓或是摇篮，
又让你的心对百合对鸽子
　　产生了这种情感？

寻欢作乐的人们

天真的诗人,动笔之前苦想冥思,
此刻正惊讶于那些可笑的玩意儿。
有时,他在剧院里一回头,
看到演员抖出一拙劣的包袱
就把无聊的观众逗得哈哈大笑。
在那些大腹便便的胖子当中,
他突然觉得自己是多么孤独,
于是感到眼花目眩,头昏脑涨,
如有可能,不等剧终就悄悄退场。
终于可以自由呼吸了,他的眼睛
看着暗蓝辽阔的天上一颗颗星星。
啊,出了剧院,既然夜色那么温柔,
不妨去看看黑暗中的塞纳河,
缓慢的河水在旧桥下默默流过,
路灯在水面上拖着颤抖的影子,
就像坟墓中尸布上银色的眼泪!
这悲哀让人忘了那讨厌的狂欢。
唉,依旧圣洁的快乐如今安在?
什么邪恶玷污了我们身上的高卢血统?

何时才能再有过去的那种真诚笑容？
荒谬的纵酒狂欢仿佛就在今天；
面具肮脏的闹剧在草班舞台上演出，
蹩脚的土语在可爱的杰出人群当中
恬不知耻地跟法兰西语言争雄；
歌曲格调低下，单调乏味，
下流的故事，只能映照丑恶的镜子；
喋喋不休的饶舌，胆汁给平庸调味；
讲囚犯的戏剧，写小偷的片段，
让良心未被泯灭的正直者难受；
可笑的轻喜剧，诱惑妻子堕落，
不道德地侮辱丈夫，挑战其底线；
下流节目，女性的肉体被标上价，
如同货摊上摆卖的藏红花，
高明地引诱贪婪的色鬼；
搭布景的滑稽戏，拙劣的笑料，
靠迷惑观众的眼睛才没被轰下台；
荷马①的竖琴被用来弹奏低级曲调；
水性杨花的爱什么丑事都做得出来，
它将走向堕落，从临时变成专业：
就是这些东西逗得众人欣喜若狂。

---

① 荷马（约前9—前8世纪），古希腊诗人，代表作为《荷马史诗》，分《伊利亚特》和《奥德赛》两部分。关于荷马是否确有其人，他的生存年代、出生地点以及两部史诗的形成，争论很多，构成欧洲文学史上的所谓"荷马问题"。

愚蠢啊，众人心目中永远的金犊，
对你天生的崇拜让你沦他们为奴，
你如同枷锁默默地使他们臣服，
爱用暴力的恶魔，你惯施伎俩，
常常讥笑自由严肃的思想，
统治吧！粗鲁的家伙，你也会成为
喜剧中的小丑，被人蔑视和嘲讽！
愿良知的鞭子在你身上炸响，
愿它无情地站起，露出欢颜，
用嘲笑来反击那些愚蠢的嘲笑；
愿它把你的奇丑和笨拙，
赤裸裸地暴露在阳光底下。
莫里哀①，站起来吧！还有你，
阿里斯托芬②！让渎圣的贱民听听
苦涩的笑声中对理想的赞歌。
正直的观念迅速坦诚地碰撞，
像铁块一样在狂笑声中作响；
智慧的复仇者，英勇的嘲笑者，
笑得灿烂，健壮的胸膛中
永远年轻的心在怦怦跳动。

---

① 莫里哀（1622—1673），法国剧作家，戏剧活动家。17世纪古典主义文学最重要的作家，代表有《唐璜》《伪君子》《吝啬鬼》等，对欧洲喜剧艺术的发展有深远影响。

② 阿里斯托芬（约前448—前380），古希腊早期喜剧代表作家，有"喜剧之父"之称。

失　望

腐臭的水是一面镜子，
比纯净的水照得更清；
美景映在乌黑的水底，
腐水也变得五彩缤纷。

黎明、鸽子和乌云
逼真地出现在水里，
蓝天的辽阔和壮丽
似乎没减一毫一分。

无数看不见的小虫
以及游蛇蚂蟥之类，
在肮脏的水面游动，
丝毫没有打破宁静。

来自上面的反光，
仿佛遮住了它们，
眼睛产生错觉，
以为是广阔的蓝天。

天空透过恶心的垃圾,
在水中闪耀,万里无云,
它把赃物变成了星星,
然后在下面逐渐扩展。

嘴试图伸向星星
想给星星一个吻,
却感到前有怪物
突然想把它抓住。

理想就这样映照在
一个卑鄙的情人眼里;
如果灵魂也沉入其中,
只能感到现实的丑恶。

内心搏斗

心啊,你将成为爱情永远的牧场?
　　意志对你有什么用,
如果不是为了让你摆脱折磨,
最后在和平当中,超越自身,
　　征服自己的欲望?

如同一个斗兽者,搏斗之后,
　　让老虎服服帖帖,
然后骑在虎背,用流血的拳头
把它按在地上,让它害怕
　　它咬过的那个人。

就像这独处铁笼的斗兽者,
　　只能求助于自己,
因为无人与他一同遭遇此险,
谁也不知道那可怕的怪物
　　默契地跟他说了些什么。

同样,在受欲望驱使的搏斗中,

心啊,别指望他人!
不要在牙齿下等待别人的援救!
在无人能跟随你的地方独自战斗,
　　不败即胜。

被咒的男女

有时,罪犯并非那些坏人,
而是那些一辈子都不曾有过
田间的牲口也有的自由幸福,
不曾有过守法带来安全的人。
多少阴暗的爱情找不到归宿!
多少垫子在酒吧被匆匆踩烂!
多少游荡的马车在阴沉的日子,
耻于打开它们肮脏的红色门帘!
那些被诅咒的男女因欲望发狂,
在难忍的等待之后(那是最糟的狂热),
发疯地吞噬哪怕一丁点儿快乐,
发烫的嘴唇不放过任何机会;
因为已等待了很多天许多月,
只为了匆匆造个肉体和灵魂,
恐惧当中,在法律严厉的目光下,
在虽然哭泣却很耻辱的热吻中……

叹 息

从未见过她、听过她说话,
也从未大声说过她的姓名,
可忠诚地,一直在等她,
　　永远爱她。

张开的双臂,等累了,
又空空地合上,
可还是,一直伸向她,
　　永远爱她。

啊,只能够伸臂给她,
只能够在泪水中憔悴,
可这泪啊,一直在流,
　　永远爱她。

从未见过她、听过她说话,
也从未大声说过她的姓名,
可这爱啊,总是越来越温柔,
　　永远爱她。

永 别

当亲爱的人刚刚断气,
人们不相信他已离去,
也不会悲痛地为他哭泣,
因为死亡让人措手不及。

无论是黑色的丧布
还是残酷的安魂曲,
都还不会使人失望,
心和嘴仍未反应过来。

人们看着坟墓深处,
不相信自己的悲哀,
怎么也弄不明白
棺材为何要入土。

真正的永别,是当亲人
围坐在一起进餐,
大家的目光,首次落在
那个从此空了的位置上。

抚　爱

抚爱不过是恼人的冲动,
是可怜的爱情,枉然的尝试,
想用肉体赢得心,这不可能。
被吻折磨得可怜巴巴的生者,
其实像死者一样孤单而疏远。

母亲啊,你徒劳地把你的孩子,
你的心头肉,紧紧地抱在怀里;
但这忘恩负义的家伙已不属于你!
你永远永远也别想再要回他,
出生的那天,他就已与你告别。

孩子啊,你搂着母亲,为她哭泣,
后悔今天的生命只属于你自己,
你想把生命归还给她,但做不到;
你的肉体不可能再变回她的血,
她的体力也不再与你的健康有关。

你们也一样,朋友,拥抱是徒劳的,

深情的目光和紧握的手也无济于事；
唉，人不可能为自己劈一条捷径
直通灵魂；也不可能把整个心
捧在手中，把无穷的思想收入眼底。

情人啊，最不幸的还是你们，
温柔和忧伤全因欲望和美貌，
热吻迫使你们大喊："我要死了！"
你们的双臂在心灵碰撞前就已疲惫，
你们的嘴唇只能互相燃烧。

抚爱不过是恼人的冲动，
是可怜的爱情，枉然的尝试，
想用肉体赢得心，这不可能。
被吻折磨得可怜巴巴的生者，
其实像死者一样孤单而疏远。

暮 年

让时光流逝！我渴望解脱的年龄，
那时，我的血将流得更加温柔，
我再也不会喜滋滋地贪图享受，
而将悄悄地活着，带着老年的艰辛。

当爱情，从此摆脱了热吻，
不再用痛苦的狂热把我烧灼，
在我身上再也没有前程可以破坏，
让我放松心情，尽情地享受温存。

幸福啊，那些在路上遇到我的学童！
我可以带他们去大自然上上学堂；
幸福啊，那些被我握着手的年轻人！
如果他们愿意，我懂得如何安慰他们。

我不会说，"这是人生最美的时光。"
因为最好的光阴无疑是旧日的青春；
不过，我将努力接近弱冠青年，
让我返青的灵魂多一点热量；

为了老而不衰,我要永远记住
心动的年龄所经历过的一切,
美、荣誉和绝不屈服的法律;
让我能自由地思考,直至入土。

女人啊,当欲望在我身上绝迹,
我就像从胸口抽出了一把尖刀。
那时,我将看到,你美丽的容貌
不过是人类暂寄在你身上的外衣。

愿我在暮年,能思考人生,
能这样坐着最终摆脱痛苦,
就像在山顶,看河流道路
巨大的弯道和痛苦的皱纹。

弥留之际

将在我临终时帮助我的人啊，
　　　什么也别对我说；
让我听一点儿和谐悦耳的音乐，
　　　我会死得快活。

音乐能给人快乐和欣喜，
　　　内心平和；
抚慰我的痛苦吧！求求你，
　　　不要开口。

我讨厌说话，讨厌听那些
　　　可能虚假的语言；
我喜欢音乐，不必费神理解，
　　　只需用心感受。

旋律携带着灵魂，
　　　轻而易举
带我从谵妄到梦幻，
　　　又从梦幻到死。

将在我临终时帮助我的人啊,
　　　什么也别对我说;
为了减轻痛苦,一点儿音乐
　　　就会使我好受得多。

去寻找我可怜的妈妈,
　　　她在野外放羊,
请你们告诉她,
　　　我在坟墓边上。

执意想听她低唱一首
　　　古老的小调。
单纯、朴实、甜蜜的歌儿,
　　　轻得几乎听不到。

你们会找到她的:乡野之人
　　　寿命很长;
而我却生活在一个人人命短
　　　活不长久的地方。

让我和她待在一起,就我们俩:
　　　我们心连着心;
她把手放在我的额头上,

唱起歌儿颤着声音。

也许，只有她一个人
　　　永远爱我，
我将踏着她古老的歌声
　　　回到童年。

以便在我最后的弥留时分，
　　　不会感到心将裂开，
以便不再多想，以便垂死的人
　　　都像初生的婴孩。

将在我临终时帮助我的人啊，
　　　什么也别对我说；
让我听一点儿和谐悦耳的音乐，
　　　我会死得快活。

远远地

他们梦见的幸福总是圆满美好,
得到满足的情侣只能享受一时。
吻已没那么热烈,不哭也不笑,
温柔的小窝已成为爱情的墓地。

得到满足的眼睛对美感到厌烦,
发誓永远崇敬的嘴唇常常上当,
爱情之春的百合一旦被人碰伤,
便会在其他花开之处片片飘散。

我愿远离她独自承受生活之苦,
无声却又那么热烈忠贞的爱情,
在心中不会遭到任何人的厌恶。

我的敬意将像面纱遮住她的美丽,
我爱她,却无贪欲,就像爱星星,
她属于永恒,我这样告诉自己。

祈祷书

这是弗朗索瓦一世①时期的书,
岁月的锈斑已让书页发黄,
虔诚的手指模糊了书中的纹章,
小巧精美,羊皮纸涂着银粉,
那是古代金银细工的绝活之一,
手法的勇敢与胆怯一看便知。
　　书中有朵枯萎的花。

这朵花看起来已有些年头,
浓浓的花液已渗入羊皮书中:
可能有三百岁了。这又何妨?
它一切尚存,只少了一点红,
甚至枯萎之前就已掉了颜色,
它只开了一天,路过的蝴蝶
　　一拍翅就带走它。

花儿没失去心中的雌蕊,

---

①　弗朗索瓦一世(1494—1547)是法国国王,1515—1547年在位期间被认为是法国的文艺复兴时期,文学和艺术十分发达。

也没掉一片柔弱的花瓣；
最后那天的朝露满含着泪，
泪干之处，书页起伏不平；
死神轻轻一吻就摘走了它，
但小心翼翼，只黯淡了它的颜色，
　　却不变其外形。

一种忧郁而微妙的香气
如同慢慢打开的回忆，
紧闭的珠宝箱传来秘密的芬芳
暴露了这神秘植物古老的年龄；
岁月似乎散发出过去的气味，
已逝的爱情仍有小路的芳馨，
　　小路上，风吹玫瑰。

也许，在黑夜阴暗轻盈的空气中，
有颗心像一团火在古书旁边跳动，
它试图开辟出一条通道；也许
它每天晚上都在等待念经的时刻，
希望有只手来把书页翻动，
想知道它的礼物，那朵花，
　　是否还在书中。

唉,放心吧,前往巴维①作战,

再也没有回来的骑士;

或者你,像人一样懂得爱的书页,

悄悄地透露这本古书中的爱情吧:

这朵不知死于谁眼皮底下的花,

三百年来一直躺在那儿,躺在你

  当初夹放它的地方。

---

① 巴维,意大利地名。1524年2月24日,弗朗索瓦一世在那里因战败被西班牙人俘虏。

老 屋

我不喜欢新屋,
它的面孔冷漠;
老屋却像寡妇,
边回忆边哭。

旧墙上的裂痕
像老人脸上的皱纹;
映着绿光的玻璃窗,
像忧郁善良的目光!

老屋的门很是好客,
因为门扉已经老朽;
老屋的墙大家都熟,
因为他们都进过屋。

钥匙在锁孔里生锈,
因为心中再无秘密;
岁月使画框的包金褪色,
却使画中的人越来越像。

老屋里有亲切的声音,
老祖宗的灵魂
在大床的帏帐里呼吸,
送来一道道古老的波纹;

我喜欢烟熏的壁炉,
从那儿能看到屋外
春燕的呢喃
或冬天的雨声;

木头的楼梯
阶梯又宽又矮,
已被踩得凹陷,
共有几阶,脚最明白;

我爱斜梁已弯的屋顶,
木板被蛀空的顶楼,
让不复存在的森林
在房梁下梦思悠悠。

我最喜欢的是
屋里唯一的横梁,
它在全家聚会的厅堂,

支撑着整座屋子。

一动不动,劳苦艰辛,
它像以前一样,
为依然信它的人撑住屋顶,
不管它是担心还是开心。

它没在重压下折断,
尽管腰已经裂开,
伤口也越来越深,
可能已被蛀烂。

忠诚勇敢的橡树
仍在摇晃中尽职,
它用人所未知的力量,
使尽了浑身解数。

孩子们长大成人,
横梁却已经驼背,
它会弯曲得更加厉害,
被忘恩负义的人烧掉……

横梁一旦被烧,
功劳也会被人遗忘,

对它的所有回忆
都会灰飞烟灭。

它烧剩的灰烬，
将改变名称飘散；
它将完全消失，
什么都不留下。

它像被榨干的女佣
孤寂中郁郁死去，
它不被人们看重，
完完全全地灭亡。

所以，当老屋的残余
被扔进炉火，那个时候，
沉思者感到自己的灵魂
也在木柴的蓝火中焚烧。

牵牛花

你毫不畏惧地听我谈论死亡,
因为希望向你保证,死神睡了,
在它的阴影中开始的短暂睡眠
将结束于群星闪烁的明亮之乡。
请接受我最后的心愿,我先走
想独自弄清希望说的是否真实。

请别在我闭上的眼皮上栽种
傲气的玫瑰和粗壮的大丽菊,
也不要坚硬的百合:它们长得太高。
我需要的不是这些如此傲慢的花儿,
否则只会感到这些强悍的邻居
在黑暗的地底野蛮伸展的树根。

我不要玫瑰、百合和大丽花,
把欢快的牵牛花移到我的身旁,
它喜欢沿着绿色的栅栏攀爬,
在你灵魂旅行的蓝天留下齿痕。
它用你的美丽搭成普通的架子,

把你的窗变成天上的花园。

这才是成了灰烬的我想要的伙伴:
亲爱的,当你喊着我的名把它亲吻,
灵活的它会潜入土中向我直奔而来;
它将钻过窄窄的缝隙,带着你的心
轻轻地来到我最后的眠床,
用你的希望装扮我不复存在的嘴唇。

乡村之午

羊群不再吃草不再游荡,
牧羊人远远地躺在一旁;
尘埃在路上睡着,
车夫在辕上打盹。

铁匠在铺子里熟睡,
瓦工在长凳上卧躺,
屠夫大声打着呼噜,
血迹还残留在臂上。

胡蜂在碗边闲逛,
树枝遮住了山墙;
看门狗呜呜地做梦,
嘴鼻埋在爪子当中。

洗衣妇叽叽喳喳,
好不容易停止说话,
白得耀眼的床单
晾晒在太阳底下。

开小差的学生
打手心也不管用,
他们蜜蜂般嗡嗡,
怨声怨气地背诵……

麦浪睡得头昏脑涨,
热风拖着它的长襟。
苍蝇用太阳的光芒,
发出竖琴般的声音。

狭窄的石门槛上,
老人们一动不动,
把纺锤拿在手中,
人仿佛死了一样。

这时,窗口那边传来
恋人们悄悄的情话,
他们没有午睡,也许
中午比半夜更加自在。

灵与肉

幸福啊，肉做的唇，
它们的吻能互相应答；
幸福啊，充满空气的胸，
它们的叹息能互相混同。

幸福啊，血液流通的心脏，
它们的跳动能互相听到；
幸福啊，手臂，
可以互相伸出和拥抱。

眼睛和手也很幸福！
眼能观望，手能碰。
人的身体真是幸福，
睡时安宁，亡灭时终。

可灵魂啊，太过悲凄！
它们从不能互相接触：
就像隔着一层厚玻璃，
熊熊燃烧的烈火。

在它们各自的黑牢,
这些火徒劳地互唤,
它们觉得彼此很近,
可始终无法汇成一团。

有人说这样的热情才持久;
啊,只要能够结合,
它们宁愿只活一天……
哪怕因耗尽了爱而熄灭!

早晨醒来

假如你属于我(不妨来个奇思幻想),
我愿每天早晨比你先醒,支着肘,
久久地看着天使般熟睡的你,
呼吸均匀,呢喃着如遥远的小溪。

我将脚步轻轻,去把蔷薇采摘,
然后,充满无言的快乐,
耐心地,把你护着胸的双手分开,
以便吻你的唇,把花塞进你手中。

在世界上最温柔的东西中,
你惊奇的双眼将认出大地,
接着明亮的目光向我投来,
看到眼前尽是我送的鲜花。

啊,你懂得他的爱,理解他的苦,
天尚未破晓,他就将一束
还看不清楚的鲜花,放在你胸前,
让你一醒来就能得到幸福。

最初的哀伤

我想起那个时候,
自己怎么也不明白,
能打扮得漂漂亮亮的母亲,
为什么老是一身黑衣。

当一团漆黑的衣柜打开,
我隐约感到有些担心,
我看见黑色的裙子旁边
挂着也是黑色的头巾。

从前五彩缤纷的衣物,
如今镶上了黑色花边,
母亲当年所穿的一切,
让她全身裹满了悲哀。

悄悄地,不知不觉中,
黑色从眼里落到心间,
向我显示了某种
永远不忘的思念。

在草坪上奔跑时,我会停下来
看孩子们玩耍,欣赏他们
色彩明快的罩衫,
羡慕衣服上蓝色的方格图案。

因为巨大的痛苦,
给了我这黑色的馈赠。
我戴着这黑纱,
不觉陷入了忧伤。

行业歌

从事崇高艺术的孩子们,
农民、瓦匠和钳工比你们幸福,
　　　他们的日常痛苦
　　　每天都能得到排遣,
而你们,脑力劳动者,双手轻松
　　　可被工作折磨得痛不欲生。

严肃的农民为他人耕耘播种,
他们的劳动比你们艰苦繁重;
　　　但他们能得到报酬,
　　　可以养家糊口,
而你们,唱着歌编着轻盈的花环,
　　　却饿死在收获的金秋。

夜晚的铁匠铺,铁匠满脸通红,
大汗淋漓,熊熊炉火让他口干,
　　　可他大杯里装着小酒
　　　喝完了可以不断斟上,
而你们,镂刻着精美的金杯,

却饿死在空空的厨房。

苍白的织布工，弯腰在布前，
没有时间看蓝天，看月亮，
　　可他有衣遮身，
　　　不会感到寒冷；
而你们，用轻盈的花边编织美梦，
　　却冻死在漫长的寒冬。

大胆的砖瓦工，一层接着一层，
生命系在摇晃不稳的脚手架上，
　　他要经常冒险，
　　　可后代有屋有房；
而你们，虽然把轻梯架向上帝，
　　没有家你们会死亡。

一切皆输，但与命运和平共处，
当夜幕降临，任务完成，
　　回到结实的主妇身旁，
　　　幸福无忧地爱着她们；
你们用轻轻的抚摸追逐着灵魂，
　　在爱情的温柔中死去。

印 记

据说母亲怀孕时，
心中的愿望，
哪怕再荒唐，
也会在孩子身上留下印记；

但愿这明显的痕迹
能反映她梦中所盼，
它历久弥新，
什么也洗它不去。

心愿，或奇特或崇高，
都诞生于分娩之前，
因为它刻在肉体当中，
所以印记能反映内心。

你呀，给我生命的人，
你把痛苦留给了我；
在孕育我灵魂的那天，
你为何任性而又残忍？

当你爱着我却还不认识我，
脸色苍白，已算是我的母亲，
那时，也许有片云在飘，
如同蓝天上白色的小岛。

你是否说过："带我去那儿，
那是我想生活的地方？"
那里的绿洲非人间所有，
无限的永恒使你流泪哀伤。

你喊道："给我翅膀，翅膀！"
你想站起来却差点晕倒……
就在那个时候，
你感到了我在腹中颤抖。

我的整个生命正由此而来，
神情恍惚，虚弱朦胧。
我渴望某个遥远的天堂，
这强烈的愿望伴我始终……

最后的孤独

在生者的大型化装舞会上,
没有一个人讲真话迈真步;
用来表达思想的语言披着伪装,
脸也戴上了五花八门的面具。

可是,到时候了!身体开始背叛,
不再配合思想在远处遨游的灵魂,
它突然可怕地沉睡,要永远休息,
不再当意识的同谋,而是证人。

于是,大批晦涩的潜意识
纷纷摆脱意志力的控制,
像乌云在头脑里升腾飘逸,
已开头的著作,真正的动机。

心爬上了脸,忧虑的皱纹
已与微笑的表情划清界限,
目光也无法再让眼睛骗人,
没讲过的真话出现在嘴边。

是坦诚的时候了。尸体
保留着最后咽气的模样，
人，一旦恢复本来面目，
熟悉的人都会感到陌生。

最开怀的笑也会淡去、伤感，
最严肃的人有时也会露出笑容；
每个人在临死前都突然变得本真，
诚实让死者变得格外吓人。

译后记

苏利·普吕多姆（Sully Prudhomme，1839—1907），原名勒内·阿尔芒·弗朗索瓦·普吕多姆（René Armand François Prudhomme），法国著名诗人，法兰西学院院士，1901年，瑞典学院为了"特别表彰他的诗作，它们是高尚的理想、完美的艺术和罕有的心灵与智慧的实证"，把第一个诺贝尔文学奖颁发给了他。

1839年，普吕多姆生于巴黎一个中产阶级家庭，两岁丧父，他在母亲的叹息和哀怨中度过了忧郁的童年。环境的影响使他从小沉默寡言，也养成了他爱思考的习惯。小学毕业后，他顺利进入了巴黎著名的波拿巴中学。在学校里，他爱上了文学，但数学成绩却更好，几乎每次考试都得全班第一，于是毕业后准备考巴黎的名牌大学巴黎综合工科学校，但一场结膜炎打碎了他当工程师的梦想。他后来改学法律，毕业后在巴黎一家公证处当公证人。由于获得了一笔遗产，他在经济上独立了，从此便放弃工作，专心从事写作。

1865年，苏利·普吕多姆发表第一部诗集《韵节与诗篇》，感叹人生的短暂，抒发生活中的哀伤和快乐，思考生命的意义，其中《破碎的花瓶》最为著名，这首诗写一只花瓶表面看来完好无损、实际上却有一道几乎看不见裂痕,最后在不知不觉中破碎,寓意感情的裂痕如不修补最后将导致破裂。1866年,普吕多姆出版了第二部抒情诗集《考验》,大多为十四行诗,吟唱内心深处的悲哀与苦痛,表达对爱情的追求。这一主题在1869年出版的抒情诗集《孤独》中得以继续。

1870年的普法战争把普吕多姆从"小我"和唯美的艺术小天地拉回到严酷的社会现实,面对文明与野蛮、正义与非正义,他做出了一个进步作家应该做出的选择,《战争印象》《法兰西》《正义》表现出诗人的正义感和责任感。1880年后,普吕多姆受古罗马诗人卢克莱修的影响,转向哲学和玄学思考,试图把诗与科学、哲学结合起来,探讨"内在的人性"。之后,他又从哲理诗转向散文创作和理论研究,出版了《论尘世生活之起源》《帕斯卡的真正宗教》《沉思集》等。

普吕多姆走上诗坛之时,正值巴那斯派崛起之际。当时,浪漫主义已成强弩之末,失去了昔日的雄风,人们厌烦了那种多愁善感和无病呻吟,诗坛需要一种相反的潮流来冲击和清洗浪漫主义的感情泛滥。巴那斯派正是在这种条件下诞生的,它以文艺女神缪斯所住的巴那斯山为名,以缪斯的真正信徒自居,提倡客观、冷静、"无我",摈弃个人感情,强调诗的形式美和雕塑感,主张"为艺术而艺术",远离社会,躲进艺术的象牙塔。普吕多姆与巴那斯派的美学观一拍即合,他积极参加巴那斯运动,成为该派的活跃分子,并用自己的作品为巴那斯派的理论现身说法。《天鹅》突出地反映了巴那斯派的艺术趣味,诗人客观如实地描写天鹅的外形和动作,详尽仔细,天鹅的各个部位基本上都写到了。普吕多姆在诗中不掺杂任何主观感情,不加任何评价,整首诗如同一张写实照片,清晰、明了、逼真。这首诗节奏徐缓,色调冷峻,透出一股宁和之气,美丽洁白的天鹅摆脱了人间的纷扰和尘世的喧嚣,独自在幽深平静、纹丝不动的湖面漫游,这正是诗人心目中美的象征。

普吕多姆在巴那斯运动中扮演了一个重要的角色,但他并没有自己独立的理论体系,大部分诗中也没有完全排斥感情成分,而且,战争一爆发,他就走出了"巴那斯山",写出了一批社会性和战斗性都很强的现实主义诗篇。所以,许多人认为,他并不是一个真正的巴那斯诗人,至少算不上是一个坚决的"巴那斯分子"。他之所以靠拢和参加巴那斯运动,是因为该派所追求的客观、真实、冷静和准确,与他严格精密的科学精神在一定程度上相吻合。但如果注意到他的诗一开始就带有浪漫主义痕迹和象征主义色彩,就不难理解他为什么最终离开巴那斯阵营,进入了哲理世界,成了一个富有哲理性的诗人,或者说是一个具有诗人气质的哲学家。他把自己的思考注入诗中,或者在诗中提出问题、摆出现象供读者思考,把社会规范、自然法则和人类理性都化作诗的想象和形象,或从某个具像入手,最后引出一个具有哲理性的结论。他一边扶着科学,另一边扶着哲学,行走在诗的薄冰上。在他的诗中,处处可找出康德、黑格尔、帕斯卡、斯宾诺莎这些哲学大家的思想痕迹,有时他甚至直接与这些哲人对话。这颗沉思而孤独的灵魂常常仰躺在草地上，看着蓝天和白云，放纵思想的野马，思考宇宙（《天空》）、思考人生（《坟墓》），内心充满矛盾和欲望、希望和失望（《内心搏斗》）。他试图以诗歌为武器，探索宇宙与生命的运动及人与人之间的关系。他的诗是科学与艺术、自然与社会、逻辑思维和形象思维的结合体。读读他的《约会》和《裸露的世界》，你会惊讶于他怎么能把科学实验描写得那么生动？那首著名的《银河》更让人诧异于他把天文知识与社会关系融为一体的高超技艺。

普吕多姆虽然被当作是个学者型诗人，但他写得最好的还是抒情诗。瑞典文学院也认定他年轻时的抒情诗是他最优秀的作品，把诺贝尔文学奖授给他，也主要是因为他的抒情短诗。他的抒情诗，尤其是爱情诗，哀怨动人，这与他年轻时的一段感情波折有关。他与小他两岁的表妹青梅竹马，情同手足，普吕多姆把她当作是自己理所当然的伴侣，直到有一天表妹写信告诉他自己订婚的消息，他才如五雷轰顶，从相思中惊醒过来。此事对他打击巨大，以致他终身不娶。失恋给他带来了巨大的痛苦，也成了他写爱情诗的源泉，《考验》和《孤独》的不少诗篇写的都是这种苦涩的爱。不过，他有时也能摆脱出来，显得很洒脱，把诗写得机敏活泼，饶有趣味。如果说《不幸的爱情》在俏皮中还带有一丝说不出来的苦涩，《舞会王后》和《丑姑娘》就要潇洒多了。诗人重新振作起来，有信心征服最高贵的女子。不过，他有的爱情诗依然有说教成分，对于一个情场失意的诗人来说，这也许是取得心理平衡的唯一办法。只有在诗中他才真正成为爱情的主宰。

普吕多姆情场失意，与宗教倒有不少缘分。他自小接受基督教，准备升大学时又因健康原因被送至里昂外婆家休养，而外婆一家都是狂热的基督徒，在那种环境中，他不能不受影响。他说自己对宗教是"一见钟情"，"我见到、感到了耶稣的神明"。但信仰、怀疑、虔诚、崇拜，种种复杂的感情压得这颗小小的心灵喘不过气来，本来就沉默寡言的他变得更加深沉内向。科学和理性曾使他对宗教发生过动摇，他在诗中就上帝是否存在、是否公正提出了质问，《搏斗》一诗就具体记录了他试图摆脱宗教束缚的苦难历程。但当他发现科学有时也有局限时，他又感到了上帝的伟大，觉得自己怀疑上帝是一桩不可饶恕的大罪。这种罪恶感像影子一样紧紧跟随着他，迫使他去向上帝认罪。然而，宗教毕竟经不起时代潮流的冲击，科学思想最后还是在普吕多姆身上占了上风。细心的读者从他的诗中不难发现他对宗教从崇拜、怀疑到不敬的过程。

本书主要收入普吕多姆前期的抒情诗，也就是最为大家所熟悉和喜欢的那批作品，其中有的曾被译介到国内，二十多年来被大量报刊、文选或文集所转载、选登或选用。这次出版，对原先的译文做了较大程度的修改，对篇目也做了调整，以更加适合当今读者的阅读口味。

译 者

2017 年 4 月于深圳

图书在版编目（CIP）数据

孤独与沉思:普吕多姆诗选/（法）苏利·普吕多姆著;
胡小跃译. —济南:山东文艺出版社,2018.8
（雅歌译丛/汪剑钊主编）
ISBN 978-7-5329-5645-6

Ⅰ.①孤… Ⅱ.①苏… ②胡… Ⅲ.①诗集—法国—近代
Ⅳ.①I565.24

中国版本图书馆 CIP 数据核字(2018)第 097179 号

孤独与沉思

普吕多姆诗选

〔法〕苏利·普吕多姆著　　胡小跃　译

主管单位	山东出版传媒股份有限公司
出版发行	山东文艺出版社
社　　址	山东省济南市英雄山路189号
邮　　编	250002
网　　址	www.sdwypress.com

读者服务	0531-82098776（总编室）
	0531-82098775（市场营销部）
电子邮箱	sdwy@sdpress.com.cn

印　　刷	山东新华印务有限公司
开　　本	850mm×1168mm　1/32
印　　张	6　插页/4
字　　数	126千
版　　次	2018年8月第1版
印　　次	2023年5月第3次印刷
书　　号	ISBN 978-7-5329-5645-6
定　　价	42.00元

版权专有，侵权必究。如有图书质量问题，请与出版社联系调换。